GRöLS Verlage

„Bücher sind wie Fallschirme. Sie nützen uns nichts, wenn wir sie nicht öffnen."

Gröls Verlag

Redaktionelle Hinweise und Impressum

Das vorliegende Werk wurde zugunsten der Authentizität sehr zurückhaltend bearbeitet. So wurden etwa ursprüngliche Rechtschreibfehler *nicht* systematisch behoben, denn kleine Unvollkommenheiten machen das Buch – wie im Übrigen den Menschen – erst authentisch. Mitunter wurden jedoch zum Beispiel Absätze behutsam neu getrennt, um den Lesefluss zu erleichtern.

Um die Texte zu rekonstruieren, werden antiquarische Bücher von Lesegeräten gescannt und dann durch eine Software lesbar gemacht. Der so entstandene Text wird von Menschen gegengelesen und korrigiert – hierbei treten auch Fehler auf. Wenn Sie ebenfalls antiquarische Texte einreichen möchten, finden Sie weitere Informationen auf www.groels.de

Viel Freude bei der Lektüre wünscht Ihnen das Team des Gröls-Verlags.

Adressen

Verleger: Sophia Gröls, Im Borngrund 26, 61440 Oberursel

Externer Dienstleister für Distribution & Herstellung: BoD, In de Tarpen 42, 22848 Norderstedt

Unsere „Edition | Werke der Weltliteratur“ hat den Anspruch, eine der größten und vollständigsten Sammlungen klassischer Literatur in deutscher Sprache zu sein. Nach und nach versammeln wir hier nicht nur die „üblichen Verdächtigen“ von Goethe bis Schiller, sondern auch Kleinode der vergangenen Jahrhunderte, die – zu Unrecht – drohen, in Vergessenheit zu geraten. Wir kultivieren und kuratieren damit einen der wertvollsten Bereiche der abendländischen Kultur. Kleine Auswahl:

Francis Bacon • Neues Organon • **Balzac** • Glanz und Elend der Kurtisanen • **Joachim H. Campe** • Robinson der Jüngere • **Dante Alighieri** • Die Göttliche Komödie • **Daniel Defoe** • Robinson Crusoe • **Charles Dickens** • Oliver Twist • **Denis Diderot** • Jacques der Fatalist • **Fjodor Dostojewski** • Schuld und Sühne • **Arthur Conan Doyle** • Der Hund von Baskerville • **Marie von Ebner-Eschenbach** • Das Gemeindekind • **Elisabeth von Österreich** • Das Poetische Tagebuch • **Friedrich Engels** • Die Lage der arbeitenden Klasse • **Ludwig Feuerbach** • Das Wesen des Christentums • **Johann G. Fichte** • Reden an die deutsche Nation • **Fitzgerald** • Zärtlich ist die Nacht • **Flaubert** • Madame Bovary • **Gorch Fock** • Seefahrt ist not! • **Theodor Fontane** • Effi Briest • **Robert Musil** • Über die Dummheit • **Edgar Wallace** • Der Frosch mit der Maske • **Jakob Wassermann** • Der Fall Maurizius • **Oscar Wilde** • Das Bildnis des Dorian Grey • **Émile Zola** • Germinal • **Stefan Zweig** • Schachnovelle • **Hugo von Hofmannsthal** • Der Tor und der Tod • **Anton Tschechow** • Ein Heiratsantrag • **Arthur Schnitzler** • Reigen • **Friedrich Schiller** • Kabale und Liebe • **Nicolo Machiavelli** • Der Fürst • **Gotthold E. Lessing** • Nathan der Weise • **Augustinus** • Die Bekenntnisse des heiligen Augustinus • **Marcus Aurelius** • Selbstbetrachtungen • **Charles Baudelaire** • Die Blumen des Bösen • **Harriett Stowe** • Onkel Toms Hütte • **Walter Benjamin** • Deutsche Menschen • **Hugo Bettauer** • Die Stadt ohne Juden • **Lewis Caroll** • *und viele mehr….*

Peter Rosegger

Waldheimat

Erzählungen

Inhalt

Als Großvater freien ging

Beim Kreuzwirt auf der Höh' saßen sie um den großen Tisch herum: Fuhrleute von oben und unten, Gewerbsleute von Pöllau und Vorau, Holzarbeiter vom Rabenwald und Masenberg, Grenzwächter von der ungarischen Markung.

Mein Großvater, der Waldbauer von Alpl, war auch unter ihnen. Er war damals eigentlich noch lange nicht mein Großvater, und ihm war sie voll und rund, die Welt, die später jedesmal ein Loch bekam, so oft eins der Seinigen nicht bei ihm war. So geht's auf der Welt, man meint in jungen Jahren, man hätte es fertig mit allem, und ahnt nicht, welche Herzensgewalten noch in der Zukunft schlummern.

Und daß ich denn erzähle. Mein Großvater – Natz – Natz, wie er eigentlich hieß... nein, da ich einmal da bin, so will ich ihn doch lieber Großvater heißen schon in seiner Jugendzeit – mein Großvater also ging damals gerade „im Heiraten um". Immer war er auf dem Viehhandel aus, oder im Getreidekauf, oder im Obstmostsuchen, oder im Wallfahrten, oder in diesem und jenem – und keinem Menschen sagte er's, warum er eigentlich wanderte. Der hübschen Mägdlein und jungen Witwen gab es genug im Lande; mancher Bauer sagte, er gebe auch eine gute Aussteuer mit, bevor man noch wußte, daß er eine heiratsfähige Tochter habe. Aber mein Großvater war einer von denen, die nach etwas anderem gucken. Er hatte den Glauben, für jeden Mann gebe es nur ein Weib auf der Welt, und es käme für den Heiratslustigen darauf an, dasselbe aus allen anderen lächelnden und winkenden Weibern herauszufinden. Er hat nach jahrelanger Suche schließlich die rechte und einzige gefunden, aber nicht in der weiten Welt draußen, sondern ganz nahe – zehn Minuten seitab von seinem Vaterhause. Dort war sie eines Sonntags im langen Heidelbeerkraut herumgegangen, um für ihre Mutter Beeren zu sammeln. Das rotwangige Köpfel und vom Busen ein bescheidener Teil ragte hervor, alles andere stak im Kraut.

Mein Großvater lugte ihr durch das Gezweige des Dickichts zu, sprach sie aber nicht an. Und als sie fort war, schlich auch er davon und dachte: jetzt geh' ich morgen noch einmal in die Pöllauer Gegend hinab, und wenn mir keine Gescheite unterkommt, so laß ich's gut sein und nimm *die* da.

So war er noch einmal in der Pöllauer Gegend gewesen. Und dort hatte er richtig eine aufgetrieben, die reicher und feiner war als das Mädel im Heidekraut;

aber gar zu gerngebig. Das freute ihn wohl für den Augenblick, doch ließ er's dabei bewenden; eine Häusliche wollte er haben und er lenkte seine Schritte heimwärts – der Sparsameren zu.

Und da war's unterwegs, daß er beim Kreuzwirt auf der Höh' einkehrte. Er saß anfangs abseits beim Ofenbanktischchen, trank ein Glas Apfelmost und biß ein Stück schwarzes Brot dazu. Seine Gedanken hatte er – wie alle Freiersleute – nicht beisammen; seine Ohren nahmen wohl teil an dem lebhaften Gespräche der gemischten Gesellschaft, die um den großen Tisch herumsaß und Wein trank. Die Grenzwächter hatten draußen in der Holzhauerhütte schwerverpönten ungarischen Tabak gefunden und wollten demnach den Eigner desselben mit sich fort zum Gerichte führen. Da kamen jedoch andere Männer des Waldes herbei und mit Knütteln stellten sie den Grenzwächtern die Wahl, was ihnen lieber wäre: Prügel oder zwei Maß beim Kreuzwirt, denn mit dem Schergengeschäft wär's diesmal nichts. Wollten die Überreiter, wie man die Grenzer nannte, sofort zu ihren Gewehren greifen; diese waren aber schon in den Händen der Holzhauer – sonach wählten sie von den beiden Dingen die zwei Maß Wein beim Kreuzwirt. Nun saßen die Grenzwächter lustig unter den lustigen Zechern, wollten Bruderschaft mit den Waldleuten und Fuhrmännern und stopften schließlich ihre Pfeifen mit jenem Tabak, den sie in der Holzhauerhütte in Beschlag genommen hatten.

Zum Kartenspielen kams und Silbergeld kollerte auf dem Tisch herum. Einer der Holzhauer, ein schielendes, weißhaariges Männlein, war nicht glücklich; sein bocklederner Beutel, der manchen schrillenden Fall auf den Tisch getan hatte, der immer tiefer umgestülpt werden mußte, bis die dürren gierigen Finger auf sein silbernes Eingeweide kamen – der Beutel gab endlich nichts mehr herfür. Da zog das Männlein seine Taschenuhr hervor: „Wer kauft mir den Knödel ab?“ Die Uhr ging im Kreis herum; es war ein tüchtiges Zeug mit drei schweren Silbergehäusen und einer Schildkrötenschale am Rücken, welche ringsum mit kleinen Silbernieten besetzt war. Ein Spindelwerk mit gewaltigem Zifferblatt, auf welchem der Messingzeiger just die dritte Nachmittagsstunde anzeigte.

Dreißig Gulden verlangte der Mann für die Uhr; man lachte ihm hell ins Gesicht, der Eigentümer aber behauptete: „Was wollt ihr wetten, ehe der Zeiger auf halb vier steht, ist die Uhr verkauft!“ Darauf lachten sie noch unbändiger.

Mein Großvater, der hatte von seiner Ofenbank aus die Sache so mitangesehen. Diese verkäufliche Uhr mit dem Schildkrötengehäuse, sie machte ihm die Seele heiß. So eine Uhr war längst sein Plangen gewesen; und wenn er nun als Bräutigam eine könnte im Hosenbusen tragen, oder wenn er sie gar der Braut zur Morgengabe spenden möchte! Eine Uhr! Eine Sackuhr! Eine silberne Sackuhr mit Schildkrötengehäuse! – So weit kams, daß mein Großvater aufstand, zum großen Tisch hinging und das Wort sprach: „Geh', laß mich das Zeug anschauen!"

„He, du bist ja der Bauer vom Alpl!" rief der Holzhauer, „na, du kannst leicht ausrucken und dir darf ich's unter vierzig Gulden gar nicht geben!"

Mein Großvater hatte aber nicht viel im Sack, darum sagte er: „Steine haben wir dies Jahr mehr im Alpl, als Geld."

„Was willst denn, Bauer, hast nicht groß Haus und Grund?"

„Im Haus steht der Tisch zum Essen, aber auf dem Grund wächst lauter Heidekraut", entgegnete mein Großvater.

„Und Korn und Hafer!" rief einer drein.

„Wohl, wohl, ein wenig Hafer", sagte mein Großvater.

„Hafer tut's auch", rief der Weißkopf, „weißt, Bauer, wenn du einverstanden bist, ich laß dir die Uhr billig."

„Damit bin ich schon einverstanden", antwortete mein Ahn.

„Gut", und sofort riß ihm der Holzhauer die Uhr wieder aus der Hand, wendete sie um, daß das Schildkrötengehäuse nach oben lag, „siehst du die Silbernieten da am Rand herum?"

„Sind nicht übel", entgegnete mein Großvater.

„Übel oder nicht", rief der schielende Weißkopf, „nach diesen Nieten zahlst mir die Uhr. – Für die erste Niete gibst mir ein Haferkorn, für die zweite gibst mir zwei Haferkörner, für die dritte vier, für die vierte acht, und so verdoppelst mir den Hafer bis zur letzten Niete, und die Uhr gehört dein mitsamt der Silberkette und dem Frauentaler, der dran hängt."

„Gilt schon!" lachte mein Großvater, bei sich bedenkend, daß er für eine solche Uhr eine Handvoll Hafer doch leicht geben könne.

Der Kreuzwirt hatte im selben Augenblick meinen Großvater noch heimlich in die Seite gestoßen, der aber hielt das für lustige Beistimmung und schlug seine

Rechte in die des Alten. „Es gilt, und alle Männer, die beim Tisch sitzen, sind Zeugen!"

Er hatte aber keinen Hafer bei sich.

Tat nichts. Sofort brachte der Kreuzwirt ein Schäffel Hafer herbei, um durch Zählen der Körner, wie mein Ahn meinte, die Rechnung zu bestimmen.

Sie setzten sich um den Hafer zusammen, mein Großvater, vom frischen Apfelmost im Kopfe erwärmt, lachte still in sich hinein; des Gewinnes gewiß, freute er sich schon auf die großen Augen, die das Heidelbeermägdlein zur gewichtigen Uhr machen werde.

Zuerst wurden die Nieten gezählt, die um das Schildkrötenblatt herumliefen: es waren deren gerade siebzig. Dann kam's an die Haferkörner; mein Großvater sonderte sie mit den Fingern, der Holzhauer zählte nach, und die anderen überwachten das Geschäft.

Erste Niete: ein Korn; – zweite Niete: zwei Körner; – dritte Niete: vier Körner; – vierte: acht Körner; – fünfte: sechzehn; – sechste: zweiunddreißig; – siebente: vierundsechzig; – achte: hundertachtundzwanzig; – neunte: zweihundertsechsundfünfzig; – zehnte Niete: fünfhundertzwölf Körner. – „Wirtin, den kleinen Schöpflöffel her!" – Das ist gerade ein gestrichener Schöpflöffel voll.

Mein Großvater schob die Körner mit der Hand hin: „Macht's weiter, ich seh's schon, es wird schier ein Metzen herauskommen."

Und die anderen zählten: Elfte Niete: zwei Schöpflöffel voll Hafer; – zwölfte Niete: vier Löffel voll; – dreizehnte: acht Löffel; – vierzehnte: sechzehn Löffel voll. Das machte eine Maß. – Fünfzehnte Niete: zwei Maß; – sechzehnte: vier Maß. – Das ist ein Maßl (Schäffel). – Siebzehnte Niete: zwei Maßl; – achtzehnte: vier Maßl; – neunzehnte: acht Maßl; – zwanzigste Niete: sechzehn Maßl, oder ein Wecht. –

Jetzt tat mein Großvater einen hellen Schrei. Die anderen zählten fort und bei der dreißigsten Niete kostete die Uhr über tausend Wecht Hafer. Das war mehr, als die Jahresernte der ganzen Gemeinde Alpl.

„Jetzt hab' ich mein Haus und Grund verspielt", schrie der Freier.

„Sollen wir noch weiter zählen?" fragten die Männer.

„Wie Ihr wollt", antwortete mein Großvater mit stieren Augen.

Bei der dreiundvierzigsten Niete hatten sie eine Million Wecht Hafer. Bei der fünfzigsten rief mein Großvater, die Hände zusammenschlagend, aus: „O du himmlischer Herrgott, jetzt hab' ich deinen ganzen Hafer vertan, den du seit der Schöpfung der Welt tust wachsen lassen!"

„Sollen wir weiter zählen?" fragten die Männer.

„Nicht nötig", antwortete das weißköpfige Männlein gemessen, „das übrige schenk' ich ihm."

Mein Großvater – er erbarmt mir heute noch – war blaß bis in den Mund hinein. Er hatte es in seiner Kindheit schon gehört, die Weltkugel mit allem was auf ihr, drehe sich im Kreise; jetzt fühlte er's deutlich, daß es so war – ihm schwindelte. – Da geht er ins Heiraten aus und vertut sein ganzes Gütel. – „Alle Rösser auf Erden", rief er, „fressen nicht so viel Hafer, als die lumpigen paar Nieten da in der Uhr!"

„Steck' sie ein, Bauer, sie gehört ja dein", sagte der alte Waldmann, „und zahl' den Bettel aus."

„Ihr Leut", lachte mein Großvater herb, „ihr habt mich übertölpelt."

„Du bist auch nicht auf den Kopf gefallen", entgegnete man ihm, „du kannst zählen, wie jeder andere. Wirst jetzt wohl müssen geben, was du hast. – Schau, die ehrenwerten Zeugen!"

„Ja, ja, die ehrenwerten Zeugen", rief mein Ahn, „lauter Leut', die geschwärzten Tabak rauchen!"

„Sei still, Bauer!" flüsterte ihm der Kreuzwirt zu, „umliegend ist der Wald! Wenn sie dich angehen, ich kann dir nicht helfen."

Der alte Weißkopf schielte in den wurmstichigen Tisch hinein: er mochte merken, daß für ihn hier eigentlich doch nichts Rechtes herauskam, er sagte daher zu meinem Großvater: „Weißt, Bauer, du könntest jetzt wohlfeil zu einem Körndl kommen. Ich will Hafer verkaufen. Gib mir dreißig Gulden für den ganzen."

Abgemacht war's. Leichten Herzens legte mein Großvater dreißig Gulden auf den Spieltisch und eilte davon. Im freien Wald sah er auf die Uhr; der Zeiger stand auf halb vier.

Mein Ahn kehrte heim, warb um das Heidelbeermädchen und verehrte ihm die Uhr zum Brautgeschenk.

„Aber“, sagte er, „mein Schatz, das nehm' ich mir aus, du mußt mir für die erste Silberniete da einen Kuß geben, und bei jeder weiteren Niete die Küsse verdoppeln!“

Das arglose Mädchen ging drauf ein. –

Die Leutchen sind alt, sind meine Großeltern geworden, doch starben sie lange bevor großmutterseits die Uhr bezahlt war. Und wir Nachkommen werden kaum jemals imstande sein, diese ererbte Schuld der Großmutter vollends wettzumachen.

Ums Vaterwort

Ich habe im Grunde keine schlechte Erziehung genossen, sondern gar keine. War ich ein braves, frommes, folgsames, anstelliges Kind, so lobten mich meine Eltern; war ich das Gegenteil, so zankten sie mich derb aus. Das Lob tat mir fast allezeit wohl, und ich hatte dabei das Gefühl, als ob ich in die Länge ginge, weil manche Kinder wie Pflanzen sind, die nur bei Sonnenschein schlank wachsen.

Nun war mein Vater aber der Ansicht, daß ich nicht allein in die Länge, sondern auch in die Breite wachsen müsse, und dafür sei der Ernst und die Strenge gut.

Meine Mutter hatte nichts als Liebe. Liebe braucht keine Rechtfertigung, aber die Mutter sagte: wohlgeartete Kinder würden durch Strenge leicht verdorben, die Strenge bestärke den in der Jugend stets vorhandenen Trotz, weil sie ihm fort und fort neue Nahrung gebe. Er schlummre zwar lange, so daß es den Anschein habe, die Strenge wirke günstig, aber sei das Kind nur erst erwachsen, dann tyrannisiere es jene, von denen es in seiner Hilflosigkeit selbst tyrannisiert worden sei. Hingegen lege die liebevolle Behandlung den Widerspruchsgeist schon beizeiten lahm; Kindesherzen seien wie Wachs, ein Stück Wachs lasse sich nur um die Finger wickeln, wenn es erwärmt sei.

Mein Vater war von einer abgrundtiefen Güte, wenn er aber Bosheit witterte oder auch nur Dummheit, da konnte er scharf werden. Es dauerte aber nie lange. Er verstand es nur nicht immer, das rechte Wort zu sagen. Bei all seiner Milde hatte der mit Arbeit und Sorgen beladene Mann ein stilles, ernstes Wesen; seinen reichen Humor ließ er vor mir erst später spielen, als er vermuten konnte, daß ich genug Mensch geworden sei, um denselben aufzunehmen. In den Jahren, da ich das erste Dutzend Hosen zerriß, gab er sich nicht just viel mit mir ab, außer wenn ich etwas Unbraves angestellt hatte. In diesem Falle ließ er seine Strenge walten. Seine Strenge und meine Strafe bestand gewöhnlich darin, daß er vor mich hintrat und mir mit zornigen Worten meinen Fehler vorhielt und die Strafe andeutete, die ich verdient hätte.

Ich hatte mich beim Ausbruche der Erregung allemal vor den Vater hingestellt, war mit niederhängenden Armen wie versteinert vor ihm stehengeblieben und hatte ihm während des heftigen Verweises unverwandt in sein zorniges Angesicht geschaut. Ich bereute in meinem Inneren den Fehler stets, ich hatte das deutliche Gefühl der Schuld, aber ich erinnere mich auch an eine andere Empfindung, die mich bei solchen Strafpredigten überkam: es war ein eigenartiges Zittern in mir, ein Reiz- und Lustgefühl, wenn das Donnerwetter so recht auf mich niederging. Es kamen mir die Tränen in die Augen, sie rieselten mir über die Wangen, aber ich stand wie ein Bäumlein, schaute den Vater an und hatte ein unerklärliches Wohlgefühl, das in dem Maße wuchs, je länger und je ausdrucksvoller mein Vater vor mir wetterte.

Wenn hierauf Wochen vorbeigingen, ohne daß ich etwas heraufbeschwor, und mein Vater immer an mir vorüberschritt, als wäre ich gar nicht vorhanden, und nichts und nichts zu mir sagte, da begann in mir allmählich wieder der Drang zu erwachen und zu reifen, etwas anzustellen, was den Vater in Zorn bringe. Das geschah nicht, um ihn zu ärgern, denn ich hatte ihn überaus lieb; es geschah gewiß nicht aus Bosheit, sondern aus einem anderen Grunde, dessen ich mir damals nicht bewußt gewesen bin.

Da war es einmal am heiligen Christabend. Der Vater hatte den Sommer zuvor in Mariazell ein schwarzes Kruzifixlein gekauft, an welchem ein aus Blei gegossener Christus und die aus demselben Stoffe gebildeten Marterwerkzeuge hingen. Dieses Heiligtum war in Verwahrung geblieben bis auf den Christabend, an welchem es mein Vater aus seinem Gewandkasten hervornahm und auf das Hausaltärchen stellte. Ich nahm die Stunde wahr, da meine Eltern und die übrigen Leute noch draußen in den Wirtschaftsgebäuden und in der Küche zu schaffen hatten, um das hohe Fest vorzubereiten; ich nahm das Kruzifixlein mit Gefahr meiner geraden Glieder von der Wand, hockte mich damit in den Ofenwinkel und begann es zu verderben. Es war mir eine ganz seltsame Lust, als ich mit meinem Taschenfeitel zuerst die Leiter, dann die Zange und den Hammer, hernach den Hahn des Petrus und zuletzt den lieben Christus vom Kreuze löste. Die Teile kamen mir nun getrennt viel interessanter vor als früher im Ganzen; doch jetzt, da ich fertig war, die Dinge wieder zusammensetzen wollte, aber nicht konnte, fühlte ich in der Brust eine Hitze aufsteigen, auch meinte ich, es würde mir der Hals zugebunden. – Wenn's nur beim Ausschelten bleibt diesmal...? – Zwar sagte ich mir: das schwarze Kreuz ist jetzt schöner als früher; in der Hohenwanger Kapelle steht auch ein schwarzes Kreuz, wo nichts dran ist, und gehen doch die Leute hin, zu beten. Und wer braucht zu Weihnachten einen gekreuzigten Herrgott? Da muß er in der Krippe liegen, sagt der Pfarrer. Und das will ich machen.

Ich bog dem bleiernen Christus die Beine krumm und die Arme über die Brust und legte ihn in das Nähkörbchen der Mutter und stellte so mein Kripplein auf den Hausaltar, während ich das Kreuz in dem Stroh des Elternbettes verbarg, nicht bedenkend, daß das Körbchen die Kreuzabnahme verraten müsse.

Das Geschick erfüllte sich bald. Die Mutter bemerkte es zuerst, wie närrisch doch heute der Nähkorb zu den Heiligenbildern hinaufkäme?

„Wem ist denn das Kruzifixlein da oben im Weg gewesen?“ fragte gleichzeitig mein Vater.

Ich stand etwas abseits und mir war zumute, wie einem Durstigen, der jetzt starken Myrrhenwein zu trinken kriegen sollte. Indes mahnte mich eine absonderliche Beklemmung, jetzt womöglich noch weiter in den Hintergrund zu treten.

Mein Vater ging auf mich zu und fragte fast bescheidentlich, ob ich nicht wisse, wo das Kreuz hingekommen sei? Da stellte ich mich schon kerzengerade vor ihn hin und schaute ihm ins Gesicht. Er wiederholte seine Frage; ich wies mit der Hand gegen das Bettstroh, es kamen die Tränen, aber ich glaube, daß ich keinen Mundwinkel verzogen habe.

Der Vater suchte das Verborgene hervor und war nicht zornig, nur überrascht, als er die Mißhandlung des Heiligtums sah. Mein Verlangen nach dem Myrrhenwein steigerte sich. Der Vater stellte das kahle Kruzifixlein auf den Tisch. „Nun sehe ich wohl“, sagte er mit aller Gelassenheit und langte seinen Hut vom Nagel. „Nun sehe ich wohl, er muß endlich rechtschaffen gestraft werden. Wenn einmal der Christi-Herrgott nicht sicher geht... Bleib' mir in der Stuben, Bub!“ fuhr er mich finster an und ging dann zur Tür hinaus.

„Spring' ihm nach und schau' zum Bitten!“ rief mir die Mutter zu, „er geht Birkenruten schneiden.“

Ich war wie an den Boden geschmiedet. Gräßlich klar sah ich, was nun über mich kommen würde, aber ich war außerstande, auch nur einen Schritt zu meiner Abwehr zu machen. Kinder sind in solchen Fällen häufig einer Macht unterworfen, die ich nicht Eigensinn oder Trotz nennen möchte, eher Beharrungszwang; ein Seelenkrampf, der sich am ehesten selbst löst, sobald ihm nichts Anspannendes mehr entgegengestellt wird. Die Mutter ging ihrer Arbeit nach, in der abendlich dunkelnden Stube stand ich allein und vor mir auf dem Tisch das verstümmelte Kruzifix. Heftig erschrak ich vor jedem Geräusch. Im alten Uhrkasten, der dort an der Wand bis zum Fußboden niederging, rasselte das Gewicht der Schwarzwälderuhr, welche die fünfte Stunde schlug. Endlich hörte ich draußen auch das Schneeabklopfen von den Schuhen, es waren des Vaters Tritte. Als er mit dem Birkenzweig in die Stube trat, war ich verschwunden.

Er ging in die Küche und fragte mit wild herausgestoßener Stimme, wo der Bub sei? Es begann im Hause ein Suchen, in der Stube wurden das Bett und die Winkel und das Gesiedel durchstöbert, in der Nebenkammer, im Oberboden hörte ich sie herumgehen; ich hörte die Befehle, man möge in den Ställen die Futterkrippen und in den Scheunen Heu und Stroh durchforschen, man möge auch in den Schachen hinausgehen und den Buben nur stracks vor den Vater bringen. Diesen Christtag solle er sich für sein Lebtag merken! – Aber sie kehrten unverrichteter Dinge zurück. Zwei Knechte wurden nun in die Nachbarschaft geschickt, aber meine Mutter rief, wenn der Bub etwa zu einem Nachbar über Feld und Heide gegangen sei, so müsse er ja erfrieren, es wäre sein Jöpplein und sein Hut in der Stube. Das sei doch ein rechtes Elend mit den Kindern!

Sie gingen davon, das Haus wurde fast leer und in der finsteren Stube sah man nichts mehr als die grauen Vierecke der Fenster. Ich stak im Uhrkasten und konnte durch das herzförmige Loch hervorgucken. Durch das Türchen, welches für das Aufziehen des Uhrwerkes angebracht war, hatte ich mich hineingezwängt und innerhalb des Verschlages hinabgelassen, so daß ich nun im Uhrkasten ganz aufrecht stand.

Was ich in diesem Verstecke für Angst ausgestanden habe! Daß es kein gutes Ende nehmen konnte, sah ich voraus, und daß die von Stunde zu Stunde wachsende Aufregung das Ende von Stunde zu Stunde gefährlicher machen mußte, war mir auch klar. Ich verwünschte den Nähkorb, der mich anfangs verraten hatte, ich verwünschte das Kruzifixlein – meine Dummheit zu verwünschen, das vergaß ich. Es gingen Stunden hin, ich blieb in meinem aufrechtstehenden Sarge und schon saß mir der Eisenzapfen des Uhrgewichtes auf dem Scheitel und ich mußte mich womöglich niederducken, sollte das Stehenbleiben der Uhr nicht Anlaß zum Aufziehen derselben und somit zu meiner Entdeckung geben. Denn endlich waren meine Eltern in die Stube gekommen, hatten Licht gemacht und meinetwegen einen Streit begonnen.

„Ich weiß nirgends mehr zu suchen“, hatte mein Vater gesagt und war erschöpft auf einen Stuhl gesunken.

„Wenn er sich im Wald vergangen hat oder unter dem Schnee liegt!“ rief die Mutter und erhob ein lautes Klagen.

„Sei still davon!“ sagte der Vater, „ich mag's nicht hören.“

„Du magst es nicht hören und hast ihn mit deiner Herbheit selber vertrieben.“

„Mit diesem Zweiglein hätte ich ihm kein Bein abgeschlagen“, sprach er und ließ die Birkenrute auf den Tisch niederpfeifen. „Aber jetzt, wenn ich ihn erwisch', schlag' ich einen Zaunstecken an ihm entzwei.“

„Tue es, tue es – 'leicht tut's ihm nicht mehr weh“, sagte die Mutter und begann zu schluchzen. „Meinst, du hättest deine Kinder nur zum Zornauslassen? Da hat der lieb' Herrgott ganz recht, wenn er sie beizeiten wieder zu sich nimmt! Kinder muß man liebhaben, wenn etwas aus ihnen werden soll.“

Hierauf er: „Wer sagt denn, daß ich den Buben nicht liebhab'? Ins Herz hinein, Gott weiß es! Aber sagen mag ich ihm's nicht; ich mag's nicht und ich kann's nicht. Ihm selber tut's nicht so weh als mir, wenn ich ihn strafen muß, das weiß ich!“

„Ich geh' noch einmal suchen!“ sagte die Mutter.

„Ich will auch nicht dableiben!“ sagte er.

„Du mußt mir einen warmen Löffel Suppe essen! 's ist Nachtmahlszeit“, sagte sie.

„Ich mag jetzt nicht essen! Ich weiß mir keinen anderen Rat“, sagte mein Vater, kniete zum Tisch hin und begann still zu beten.

Die Mutter ging in die Küche, um zur neuen Suche meine warmen Kleider zusammenzutragen, für den Fall, als man mich irgendwo halberfroren finde. In der Stube war es wieder still und mir in meinem Uhrkasten war's, als müsse mir vor Leid und Pein das Herz platzen. Plötzlich begann mein Vater aus seinem

Gebete krampfhaft aufzuschluchzen. Sein Haupt fiel nieder auf den Arm und die ganze Gestalt bebte.

Ich tat einen lauten Schrei. Nach wenigen Sekunden war ich von Vater und Mutter aus dem Gehäuse befreit, lag zu Füßen des Vaters und umklammerte wimmernd seine Knie.

„Mein Vater, mein Vater!“ Das waren die einzigen Worte, die ich stammeln konnte. Er langte mit seinen beiden Armen nieder und hob mich auf zu seiner Brust und mein Haar ward feucht von seinen Zähren. Mir ist in jenem Augenblicke die Erkenntnis aufgegangen.

Ich sah, wie abscheulich es sei, diesen Vater zu reizen. Aber ich fand nun auch, *warum* ich es getan hatte. Aus Sehnsucht, das Vaterantlitz vor mir zu sehen, ihm ins Auge schauen zu können und seine zu mir sprechende Stimme zu hören. Sollte er schon nicht mit mir heiter sein, so wie es andere Leute waren, so wollte ich wenigstens sein zorniges Auge sehen, sein herbes Wort hören; es durchrieselte mich mit süßer Gewalt, es zog mich zu ihm hin. Es war das Vaterauge, das Vaterwort.

Kein böser Ruf mehr ist in die heilige Christnacht geklungen und von diesem Tage an ist vieles anders geworden. Mein Vater war seiner Liebe zu mir und meiner Anhänglichkeit an ihn inne geworden und hat mir in Spiel, Arbeit und Erholung wohl viele Stunden sein liebes Angesicht, sein treues Wort geschenkt, ohne daß ich noch einmal nötig gehabt hätte, es mit List erschleichen zu müssen.

Vom Urgroßvater, der auf der Tanne saß

An die Felder meines Vaters grenzte der Ebenwald, der sich über Höhen weithin gegen Mitternacht erstreckte und dort mit den Hochwaldungen des Heugrabens und des Teufelsteins zusammenhing. Zu meiner Kindeszeit ragte über die Fichten- und Lärchenwipfel dieses Waldes das Gerippe einer Tanne empor, auf welcher der Sage nach vor mehreren hundert Jahren, als der Türke im Lande war, der Halbmond geprangt haben und unter welcher viel Christenblut geflossen sein soll.

Mich überkam immer ein Schauern, wenn ich von den Feldern und Weiden aus dieses Tannengerippe sah; es ragte so hoch über den Wald und streckte seine langen, dürren, wildverworrenen Äste so wüst gespensterhaft aus, daß es ein unheimlicher Anblick war. Nur an einem einzigen Aste wucherten noch einige dunkelgrüne Nadelballen, über diese ragte der scharfkantige Strunk, auf dem einst der Wipfel gesessen. Den Wipfel mußte der Sturm oder ein Blitzstrahl geknickt haben, niemand erinnerte sich, ihn auf dem Baume gesehen zu haben.

Von der Ferne, wenn ich auf dem Stoppelfelde die Rinder oder die Schafe weidete, sah ich die Tanne gern an; sie stand in der Sonne rötlich beleuchtet über dem frischgrünen Waldessaume, und war klar und rein in die Bläue des Himmels hineingezeichnet. Dagegen stand sie an bewölkten Tagen, oder wenn ein Gewitter heranzog, starr und dunkel da; und wenn im Walde weit und breit alle Äste fächelten und sich die Wipfel tief neigten vor dem Sturme, so stand sie still, ohne Regung und Bewegung.

Wenn sich aber ein Rind in den Wald verlief und ich, es zu suchen, an der Tanne vorüber mußte, so schlich ich gar angstvoll dahin und dachte an den Halbmond, an das Christenblut und an andere entsetzliche Geschichten, die man von diesem Baume erzählte. Ich wunderte mich aber auch über die Riesigkeit des Stammes, der auf der einen Seite kahl und von vielen Spalten durchfurcht, auf der anderen aber mit rauhen, zersprungenen Rinden bedeckt war. Der unterste Teil des Stammes war so dick, daß ihn zwei Männer nicht hätten zu umspannen vermocht. Die ungeheuren Wurzeln, welche zum Teile kahl dalagen, waren ebenso ineinander verschlungen und verknöchert wie das Geäste oben.

Man nannte den Baum die Türkentanne oder auch die graue Tanne. Von einem starrsinnigen oder hochmütigen Menschen sagte man in der Gegend: „Der tut, wie wenn er die Türkentanne als Hutsträußl hätt'!“ Und heute, da der Baum schon längst zusammengebrochen und vermodert, ist das Sprüchlein in manchem alten Munde noch lebendig.

In der Kornernte, wenn die Leute meines Vaters, und er voran, der Reihe nach am wogenden Getreide standen und die „Wellen“ herausschnitten, mußte ich auf bestimmte Plätze die Garben zusammentragen, wo sie dann zu je zehn in „Deckeln“ zum Trocknen aufgeschöbert wurden. Mir war das nach dem steten Viehhüten ein angenehmes Geschäft, um so mehr, als mir der Altknecht oft zurief: „Trag' nur, Bub' und sei fleißig; die Zusammentrager werden reich!“ Ans Reichwerden dachte ich nicht, aber das Laufen war lustig. Und so lief ich mit den Garben, bis mein Vater mahnte: „Bub', du rennst ja wie närrisch! Du trittst Halme in den Boden und du beutelst Körner aus. Laß dir Zeit!“

Als es aber gegen Abend und in die Dämmerung hineinging und als sich die Leute immer weiter und weiter in das Feld hineingeschnitten hatten, so daß ich mit meinen Garben weit zurückblieb, begann ich unruhig zu werden. Besonders kam es mir vor, als fingen dort die Äste der Türkentanne, die in unsicheren Umrissen in den Abendhimmel hineinstand, sich zu regen an. Ich redete mir zwar ein, es sei nicht so, und wollte nicht hinsehen – da hüpften meine Äuglein schon wieder hinüber.

Endlich, als die Finsternis für das Kornschneiden zu groß wurde, wischten die Leute mit taunassem Grase ihre Sicheln ab und kamen zu mir herüber und halfen mir unter lustigem Sang und Scherz die letzten Garben zusammentragen. Als wir damit fertig waren, gingen die Knechte und Mägde davon, um in Haus und Hof noch die abendlichen Verrichtungen zu tun; ich und mein Vater aber blieben zurück auf dem Kornfelde. Wir schöberten die Garben auf, wobei der Vater diese halmaufwärts aneinanderlehnte und ich sie zusammenhalten mußte, bis er aus einer letzten Garbe den Deckel bog und ihn auf den Schober stülpte.

Dieses Schöbern war mir in meiner Kindheit die liebste Arbeit; ich betrachtete dabei die „Romstraße“ am Himmel, die hinschießenden Sternschnuppen und die Johanniswürmchen, die wie Funken um uns herumtanzten, daß ich meinte, die Garben müßten zu brennen anfangen. Dann horchte ich wieder auf das Zirpen der Grillen, und ich fühlte den kühlen Tau, der gleich nach Sonnenuntergang die Halme und Gräser und gar auch ein wenig mein Jöpplein befeuchtete. Ich sprach über all das mit meinem Vater, der mir in seiner ruhigen, gemütlichen Weise Auskunft gab und über alles seine Meinung sagte, wozu er jedoch oft bemerkte, daß ich mich darauf nicht verlassen solle, weil er es nicht gewiß wisse.

So kurz und ernst mein Vater des Tages in der Arbeit gegen mich gewesen, so heiter, liebevoll und gemütlich war er in solchen Abendstunden. Vor allem half er mir immer meine kleine Jacke anziehen, daß mir nicht kühl werde. Wenn ich ihn mahnte, daß auch er sich den Rock zuknöpfen möge, sagte er stets: „Kind, mir ist warm genug.“ Ich hatte es oft bemerkt, wie er nach dem langen, schwierigen Tagewerk erschöpft war, wie er sich dann für Augenblicke auf eine Garbe niederließ und die Stirne trocknete. Er war durch eine langwierige Krankheit recht erschöpft worden; er wollte aber nie etwas davon merken lassen. Er dachte nicht an sich, er dachte an unsere Mutter, an uns Kinder und an den durch Unglücksfälle herabgekommenen Bauernhof, den er uns retten wollte.

Wir sprachen beim Schöbern oft von unserem Hofe, wie er zu meines Großvaters Zeiten gar reich und angesehen gewesen und wie er wieder reich und angesehen werden könne, wenn wir Kinder, einst erwachsen, eifrig und fleißig in der Arbeit sein würden, und wenn wir Glück hätten.

In solchen Stunden beim Kornschöbern, das oft spät in die Nacht hinein währte, sprach mein Vater mit mir auch gern von dem lieben Gott. Er war vollständig ungeschult und kannte keine Buchstaben; so mußte denn ich ihm stets erzählen, was ich da und dort von dem lieben Gott schon gehört oder endlich auch gelesen hatte. Besonders wußte ich dem Vater manches zu berichten von der Geburt des Herrn Jesus, wie er in der Krippe eines Stalles lag, wie ihn die Hirten besuchten und mit Lämmern, Böcken, und anderen Dingen beschenkten, wie er dann groß wurde und Wunder wirkte und wie ihn die Juden peinigten und ans Kreuz schlugen. Gern erzählte ich auch von der Schöpfung der Welt, den Patriarchen und Propheten, als wäre ich dabei gewesen. Dann sprach ich auch aus, was ich vernommen von dem jüngsten Tage, von dem Weltgerichte und von den ewigen Freuden, die der liebe Gott für alle armen, kummervollen Menschen in seinem Himmel bereitet hat.

Der Vater war davon oft sehr ergriffen.

Ein anderes Mal erzählte wieder mein Vater. Er wußte wunderbare Dinge aus den Zeiten der Ureltern, wie diese gelebt, was sie erfahren und was sich in diesen Gegenden einst für Sachen zugetragen, die sich in den heutigen Tagen nicht mehr ereignen.

„Hast du noch nie darüber nachgedacht“, sagte mein Vater einmal, „warum die Sterne am Himmel stehen?“

„Nein“, antwortete ich.

„Wir denken nicht daran“, sprach mein Vater weiter, „weil wir das schon so gewöhnt sind.“

„Es wird wohl eine Zeit kommen, Vater“, sagte ich einmal, „in welcher kein Stern mehr am Himmel steht; in jeder Nacht fallen so viele herab.“

„Die da herabfallen, mein Kind“, sprach der Vater, „das sind Menschensterne. Stirbt auf der Erde ein Mensch, so fällt vom Himmel so eine Sternreispe auf die Erde. Siehst du, dort hinter der grauen Tanne ist just wieder eine niedergegangen.“

Ich schwieg nach diesen Worten eine Weile, endlich aber fragte ich: „Warum heißen sie jenen wilden Baum die graue Tanne, Vater?“

Mein Vater bog eben einen Deckel ab, und als er diesen aufgestülpt hatte, sagte er: „Du weißt, daß man ihn auch Türkentanne nennt, weil der schreckbare Türk einmal seine Mondsichel hat draufgehangen. Die graue Tanne heißen sie ihn, weil sein Geäste und sein Moos grau ist, und weil auf diesem Baume dein Urgroßvater die ersten grauen Haare bekommen hat.“

„Mein Urgroßvater? Wie ist das hergegangen?“

„Ja“, sagte er, „wir haben hier noch sechs Deckel aufzusetzen, und ich will dir dieweilen eine Geschichte erzählen, die sehr merkwürdig ist.“

Und dann hub er an: „Es ist schon länger als achtzig Jahre, seitdem dein Urgroßvater meine Großmutter geheiratet hat. Er war sehr reich und ein schöner Mensch und er hätte die Tochter des angesehensten Bauern zum Weib bekommen können. Er nahm aber ein armes Mädchen aus der Waldhütten herab, das gut und sittsam gewesen ist. Von heute in zwei Tagen ist der Vorabend des Festes Mariä Himmelfahrt; das ist der Jahrestag, an welchem dein Urgroßvater zur Werbung in die Waldhütten ging. Es mag wohl auch im Kornschneiden gewesen sein; er machte frühzeitig Feierabend, weil durch den Ebenwald hinein und bis zur Waldhütten hinauf ein weiter Weg ist. Er brachte viel Bewegung mit in die kleine Wohnung. Der alte Waldhütter, der für die Köhler und Holzleute die Schuhe flickte, ihnen zuzeiten die Sägen und die Beile schärfte und nebenbei Fangschlingen für Raubtiere machte – weil es zur selben Zeit in der Gegend noch viele Wölfe gegeben hat – der Waldhütter nun ließ seine Arbeit aus der Hand fallen und sagte zu deinem Urgroßvater: ›Aber Josef, das kann doch nicht dein Ernst sein, daß du mein Katherl zum Weib haben willst, das wär' ja gar aus der Weis'!‹ Dein Urgroßvater sagte: ›Ja, deswegen bin ich heraufgegangen, und wenn mich das Katherl mag und es ist ihr und Euer redlicher Willen, daß wir zusammen in den Ehestand treten, so machen wir's heut' richtig und wir gehen morgen zum Richter und zum Pfarrer und ich laß dem Katherl mein Haus und Hof verschreiben, wie's Recht und Brauch ist.‹ – Das Mädel hatte deinen Urgroßvater lieb und sagte, es wolle seine Hausfrau werden. Dann verzehrten sie zusammen ein kleines Mahl und endlich, als es schon zu dunkeln begann, trat der jung' Bräutigam den Heimweg an.

Er ging über die Wiese, die vor der Waldhütten lag, auf der aber jetzt schon die großen Bäume stehen, er ging über das Geschläge und abwärts durch den

Wald und er war freudig. Er achtete nicht darauf, daß es bereits finster geworden war, und er achtete nicht auf das Wetterleuchten, das zur Abendzeit nach einem schwülen Sommertag nichts Ungewöhnliches ist. Auf eines aber wurde er aufmerksam, er hörte von den gegenüberliegenden Waldungen ein Gebelle. Er dachte an Wölfe, die nicht selten in größeren Rudeln die Wälder durchzogen und heulten; er faßte seinen Knotenstock fester und nahm einen schnelleren Schritt. Dann hörte er wieder nichts als zeitweilig das Kreischen eines Nachtvogels, und sah nichts als die dunkeln Stämme, zwischen welche der Fußsteig führte und durch welche von Zeit zu Zeit das Leuchten zuckte. Plötzlich vernahm er wieder das Heulen, aber nun viel näher als das erstemal. Er fing zu laufen an. Er lief, was er konnte; er hörte keinen Vogel mehr, er hörte nur immer das entsetzliche Heulen, das ihm auf dem Fuße folgte. Als er hierauf einmal umsah, bemerkte er hinter sich durch das Geäst funkelnde Lichter. Schon hörte er das Schnaufen und Lechzen der Raubtiere, die ihn verfolgten, und denkt: 's mag sein, daß morgen kein Versprechen ist beim Pfarrer! – da kommt er heraus zur Türkentanne. Kein anderes Entkommen mehr möglich – rasch faßte er den Gedanken und durch einen kühnen Sprung schwingt er sich auf einen Ast. Die Bestien sind schon da; einen Augenblick stehen sie bewegungslos und lauern; sie gewahren ihn auf dem Baum, sie schnaufen und mehrere setzen die Pfoten an den Stamm. Dein Urgroßvater klettert weiter hinauf und setzt sich auf einen dicken Ast. Nun ist er wohl sicher. Unten heulen sie und scharren an der Rinde; – es sind ihrer viele, ein ganzes Rudel. Zur Sommerszeit war es doch selten geschehen, daß Wölfe einen Menschen anfielen; sie mußten gereizt oder von irgendeiner anderen Beute verjagt worden sein. Dein Urgroßvater saß lange auf dem Ast; er hoffte, die Tiere würden davonziehen und sich zerstreuen. Aber sie umringten die Tanne und schnürfelten und heulten. Es war längst schon finstere Nacht; gegen Mittag und Morgen hin leuchteten alle Sterne, gegen Abend hin aber war es grau und durch dieses Grau schossen Blitzscheine. Sonst war es still und regte sich im Walde kein Ästchen. Dein Urgroßvater wußte nun wohl, daß er die ganze Nacht so würde zubringen müssen; er besann sich aber doch, ob er nicht Lärm machen und um Hilfe rufen sollte. Er tat es, aber die Bestien ließen sich nicht verscheuchen; kein Mensch war in der Nähe, das Haus zu weit entfernt. Damals hatte die Türkentanne unter dem abgerissenen Wipfelstrunk, wo heute die wenigen Reiserbüschel wachsen, noch eine dichte Krone aus grünenden Nadeln. Da denkt sich dein Urgroßvater: ›Wenn ich denn schon einmal hier Nachtherberge nehmen soll, so klimme ich noch weiter hinauf unter die Krone.‹ Er tat's und ließ sich oben in einer Zweigung nieder, da konnte er sich recht gut an die Äste lehnen.

Unten ist's nach und nach ruhiger, aber das Wetterleuchten wird stärker und an der Abendseite ist ein fernes Donnern zu hören. – Wenn ich einen tüchtigen Ast bräche und hinabstiege und einen wilden Lärm machte und gewaltig um mich schlüge, man meint', ich müßt' den Rabenäsern entkommen! so denkt dein Urgroßvater – tut's aber nicht; er weiß zu viele Geschichten, wie Wölfe trotz alledem Menschen zerrissen haben.

Das Donnern kommt näher, alle Sterne sind verloschen – 's ist finster wie in einem Ofen; nur unten am Fuße des Baumes funkeln die Augensterne der Raubtiere. Wenn es blitzt, steht wieder der ganze Wald da. Nun beginnt es zu sieden und zu kochen im Gewölke wie in tausend Kesseln. Kommt ein fürchterliches Gewitter, denkt sich dein Urgroßvater und verbirgt sich unter die Krone, so gut er kann. Der Hut ist ihm hinabgefallen und er hört es, wie die Bestien den Filz zerfetzen. Jetzt zuckt ein Strahl über den Himmel, es ist einen Augenblick hell, wie zur Mittagsstunde – dann bricht in den Wolken ein Schnalzen und Krachen los, und weithin hallt es im Gewölke.

Jetzt ist es still, still in den Wolken, still auf der Erden – nur um einen gegenüberliegenden Wipfel flattert ein Nachtvogel. Aber bald erhebt sich der Sturm, es rauscht in den Bäumen, es tost durch die Äste, eiskalt ist der Wind. Dein Urgroßvater klammert sich fest an das Geäste. Jetzt wieder ein Blitz, schwefelgrün ist der Wald; alle Wipfel neigen sich, biegen sich tief; die nächststehenden Bäume schlagen an die Tanne, es ist, als fielen sie heran. Aber die Tanne steht starr und ragt über den ganzen Wald. Unten rennen die Raubtiere wild durcheinander und heulen. Plötzlich saust ein Körper durch die Äste wie ein Steinwurf. Da leuchtet es wieder – ein weißer Knollen hüpft auf dem Boden dahin. Dann dichte Nacht. Es braust, siedet, tost, krachend stürzen Wipfel. Ein Ungeheuer mit weitschlagenden Flügeln, im Augenblicke des Blitzes gespenstige Schatten werfend, naht in der Luft, stürzt der Tanne zu und birgt sich gerade über deinem Urgroßvater in die Krone. Ein Habicht, Junge, ein Habicht, der auf der Tanne sein Nest gehabt."

Mein Vater hatte bei dieser Erzählung keine Garbe angerührt; ich hatte den ruhigen, schlichten Mann bisher auch nie mit solcher Lebhaftigkeit sprechen gehört.

„Wie's weiter gewesen?“ fuhr er fort. „Ja, nun brach es erst los; das war Donnerschlag auf Donnerschlag, und beim Leuchten war zu sehen, wie glühenden Wurfspießen gleich Eiskörner auf den Wald niedersausten, an die Stämme prallten, auf den Boden flogen und wieder emporsprangen. So oft ein Hagelknollen an den Stamm der Tanne schlug, gab es im ganzen Baume einen hohlen Schall. Und über dem Heugraben gingen Blitze nieder; plötzlich war eine blendende Glut, ein heißer Luftschlag, ein Schmettern, und es loderte eine Fichte. Und die Türkentanne stand da, und dein Urgroßvater saß unter der Krone im Astwerk.

Die brennende Fichte warf weithin ihren Schein und nun war zu sehen, wie ein rötlicher Schleier lag über dem Walde, wie nach und nach das Gewebe der kreuzenden Eisstücke dünner und dünner wurde, und wie viele Wipfel keine Äste, dafür aber Schrammen hatten, wie endlich der Sturm in einen mäßigen Wind überging und ein dichter Regen rieselte.

Die Donner wurden seltener und dumpfer und zogen sich gegen Mittag dahin; aber die Blitze leuchteten noch ununterbrochen. Am Fuße des Baumes war kein Heulen und kein Augenfunkeln mehr. Die Raubtiere waren durch das Wetter verscheucht worden. Also stieg dein Urgroßvater wieder von Ast zu Ast bis zum Boden. Und er ging heraus durch den Wald über die Felder gegen das Haus.

Es ist schon nach Mitternacht. – Als der Bräutigam zum Hause kommt und kein Licht in der Stube sieht, wundert er sich, daß in einer solchen Nacht die Leute ruhig schlafen können. Haben aber nicht geschlafen, waren zusammen gewesen in der Stube um ein Kerzenlicht. Sie hatten nur die Fenster mit Brettern verlehnt, weil der Hagel alle Scheiben eingeschlagen hatte.

„Bist in der Waldhütten blieben, Sepp?“ sagte deine Ururgroßmutter. Dein Urgroßvater antwortete: „Nein, Mutter, in der Waldhütten nicht.“

Es war an dem darauffolgenden Morgen ein starker Harzduft gewesen im Walde – die Bäume haben geblutet aus vielen Wunden. Und es war ein beschwerliches Gehen gewesen über die Eiskörner und es war eine kalte Luft. Als sie am Frauentag alle über die Verheerung und Zerstörung hin zur Kirche gingen, fanden sie im Walde unter dem herabgeschlagenen Reisig und Moos manchen toten Vogel und anderes Getier; unter einem geknickten Wipfel lag ein toter Wolf.

Dein Urgroßvater ist bei diesem Gange sehr ernst gewesen; da sagt auf einmal das Katherl von der Waldhütten zu ihm: „O, du himmlisch' Mirakel! Sepp, dir wachst ja schon graues Haar!"

Später hatte er alles erzählt, und nun nannten die Leute den Baum, auf dem er dieselbige Nacht hat zubringen müssen, die graue Tanne!" –

Das ist die Geschichte, wie sie mir mein Vater eines Abends beim Kornschöbern erzählt hat und wie ich sie später aus meiner Erinnerung niedergeschrieben. Als wir dann nach Hause gingen zur Abendsuppe und zur Nachtruhe, blickte ich noch hin auf den Baum, der hoch über dem Wald in den dunkeln Abendhimmel hineinstand.

*

Ich war schon erwachsen. Da war es in einer Herbstnacht, daß mich mein Vater aufweckte und sagte: „Wenn du die graue Tanne willst brennen sehen, so geh' vor das Haus!"

Und als ich vor dem Hause stand, da sah ich über dem Walde eine hohe Flamme lodern und aus derselben qualmte Rauch in den Sternenhimmel auf. Wir hörten das Dröhnen der Flammen und wir sahen das Niederstürzen einzelner Äste; dann gingen wir wieder zu Bette. Am Morgen stand über dem Wald ein schwarzer Strunk mit nur wenigen Armen – und hoch am Himmel kreiste ein Geier. Wir wußten nicht, wie sich in der stillen, heiteren Nacht der Baum entzündete, und wir wissen es noch heute nicht. In der Gegend ist vieles über dieses Ereignis gesprochen worden und man hat demselben Wunderliches und Bedeutsames zugrunde gelegt. Noch einige Jahre starrte der schwarze Strunk gegen den Himmel, dann brach er nach und nach zusammen und nun stand nichts mehr empor über dem Wald. Auf dem Stocke und auf den letzten Resten des Baumes, die langsam in die Erde sinken und vermodern, wächst Moos.

Von meiner blinden Führerin

Die kleine Jula gehörte zu jenen Kindern, die keinen Vater haben, weil es für sie sündhaft wäre, einen zu haben. Mutter hatte sie gerade so viel, als unerläßlich nötig ist, um geboren werden zu können. Das war in der Gemeinde Pretull. Eine Bauernknechtin hat mit harten Kräften zu tun, sich selbst zu atzen und zu bedecken, so sagte die Magd, kaum sie vom Bette aufgestanden war, zu ihrem Dienstherrn: „Mein Rüsenbauer! Baue dir drei Staffel in den Himmel und nimm mir das Kleine ab!“

Dachte sich der Rüsenbauer: Das wäre nicht dumm. Drei Staffel in den Himmel und nach etlichen Jahren eine brauchbare Halterdirn, und nachher eine eigene Knechtin, die im Haus das Unhandsamste verrichtet und nicht viel kostet. 's täte sich. –

„Ja“, sagte er, „das Kleine nehm' ich dir ab, aber nur der Staffel in den Himmel wegen tue ich's.“

Die Magd schluchzte wohl, als sie in einen anderen Hof zog und sich von dem Kinde trennte; aber der Bauer tröstete sie: „Geh' nur, geh', mach' kein Wasser an, schaust dir doch wieder um ein anderes.“

Die Knechtin ging und sah nicht mehr um und starb nach kurzer Zeit.

Die Jula wuchs heran und war eine brauchbare Halterdirn und wurde eine willige Magd, die im Haus das Unhandsamste mit Geduld verrichtete. In jedem ordentlichen Hof muß ein Hofnarr sein; will der Witzigste sich dazu nicht hergeben, so muß der Einfältigste dran. Die Jula war die gläubige Einfalt, die alles für bare Münze nahm, was klingelte.

Den Sommer ihres neunzehnten Lebensjahres verbrachte sie mit Träumen. Es war sonst nicht ihre Art, tatlos dazustehen und in die leere Luft hineinzustarren, aber in diesem Sommer tat sie's, und im Herbst drauf kam's ans Tageslicht, warum. Es war wieder kein Vater da, aber die junge Mutter preßte ihr Wunder um so stürmischer an die Brust, je eindringlicher man ihr riet, es in fremde Hände zu geben.

Zur selben Zeit traf sie ein Geschick, das ganz unvermittelt dasteht, wie das Ereignis in einer stümperhaften Erzählung, oder wie eine schlechte Laune des Himmels. Zu mir ist nichts davon sonst gekommen, als was die Jula später oft und oft erzählt hat.

Sie zog am Morgen mit ihrem Graskorbe hinaus auf die Wiese und mähte, und rechte das Futter zu einer Schichte. Und als die Sonne aufgeht, bleibt sie ein wenig stehen, stützt sich auf den Rechen, schaut hin und denkt, wie doch die Sonne schön ist! – Wie sie sich wieder zu ihrer Arbeit wendet, sieht sie kein Futter mehr, keine Wiese, sieht den Rechen nicht, den sie in der Hand hält – und schreit auf: „Uh, Halbesel, was ist denn das?“ 's ist so ein Nebel vor. Sie reibt sich die Augen, da tanzen rote, grüne und gelbe Sonnen im Nebel herum und sie sieht ihren Rechen noch immer nicht. Jetzt tastet sie umher und findet den Korb nicht, da ruft sie nach den Leuten.

Dort vor dem Hause steht die Bäuerin, die hört's, kommt etliche Schritte herbei und frägt, was denn das heute für ein Geschrei wäre beim Futtermähen?

„Du, Bäuerin", sagte die Jula, „ich weiß nicht, was das ist, ich sehe auf einmal nichts."

„So wirst halt blind geworden sein", meint die Bäuerin.

„Jesus Maria, doch *das* nicht!" schreit die Jula und reibt mit Angst und Macht an den Augen, „nein – ich sehe ja alles! Ich sehe ja alles!" Aber sie tastet herum und stolperte endlich über die Sense, daß sie sich blutig schnitt. Endlich kamen Leute herbei und führten sie und sagten, es hätte schier den Anschein, als wie wenn sie blind geworden wäre.

„Nein", rief sie, „blind! Was ihr närrisch seid, wie kunnt ich denn blind werden? – Zu meinem Kind führt's mich geschwind!"

Man führte sie in die Kammer. Sie tastete nach dem Knäblein, sie riß es von seinem Nestchen empor und vor ihr Auge, und jetzt tat sie den Schrei: *"Blind! Stockblind!"* und stürzte vor dem Bett aufs Knie.

Nun erst, als sie ihr eigenes Kind nicht mehr sehen konnte, wußte sie es, glaubte sie es.

Sie war blind. Und sie blieb von diesem Tage an blind, und sie lebte augenlos noch dreiundsechzig Jahre lang. – Gesagt mußte was werden, und so sagten die Leute, es wäre halt im Blut gelegen, und schwache Augen hätte sie immer gehabt.

Anfangs mögen die Quacksalber und Kurpfuscher gekommen sein mit ihren Schmieren und Pflastern, Tropfen, Laxieren und allen jenen Übeln, die dem Kranken – nachdem ihm sein Leiden vom Himmel gesandt ist – vom Teufel spendiert werden. Dann mag, ohne daß an einen Arzt, an eine Augenheilanstalt gedacht wurde – das Bestreben zu helfen erlahmt sein und man hatte der Armen gesagt: „Wenn's der lieb' Herrgott so haben will, so ist kein anderes Mittel, als wie geduldig leiden!"

Und zu diesem Mittel hat sich die Jula bequemt. Weniger Geduld hatten andere Leute, welche wohl sehen konnten, aber allzuschwarz sahen. Das waren die Vordersten der Gemeinde; diese taten dar, daß sie ohnehin schwer belastet seien, daß die Mutter der Jula nicht in ihrem Bereiche geboren, daß sie aus der Waldgemeinde Alpl gekommen war, und daß die Blinde nun in die Gemeinde Alpl zuständig sei. So wurde sie von ihrem Kinde hinweggeführt und in unsere Waldgemeinde eingelegt. Hier sollte sie als „Einlegerin“ von Haus zu Haus wandern und in jedem eine bestimmte Anzahl von Tagen oder Wochen behalten und verpflegt werden.

In mein Vaterhaus kam sie von einem Boten des Nachbars begleitet, die erste Zeit des Jahres zweimal, und wir hatten sie jedesmal zwei Wochen lang zu behalten. Sie hatte einen Buckelkorb, in welchem sich ihre Habseligkeiten befanden, und den sie sich nie vom Boten tragen ließ, sondern auch dann noch selbst schleppte, als sie schon gar alt und mühselig geworden war. Ferner besaß sie einen Handstock, der am Griffknorpel ein Riemlein hatte, den sie außer Haus immer und überall bei sich trug, den sie zur Nachtzeit neben ihrem Bett mit ängstlicher Sorgfalt aufbewahrte, und der ihr wirklich mehr Gutes getan hat, als je ein Mensch auf dieser Erde. Dann hatte sie in ihrem Mieder stecken einen Blechlöffel, bei dem die Verzinnung schon fast weggegessen war und überall die schwarzen Stellen hervorschauten. Was man ihr vorsetzte, das aß sie nur mit diesem Löffel. Endlich besaß sie ein ledernes Geldtäschchen, in welchem sich stets – wenn irgendwo eine Not war – was vorfand. Denn in der ehrwürdigen Kirche zu Krieglach steht der steinerne Opferstock für die Armen, der über kreuz und quer mit Eisen beschlagen ist, nicht umsonst. Etlichemal des Jahres brachte der Richter von Alpl aus diesem steinernen Behälter Geld mit in die Waldgemeinde und verteilte es dort unter die Armen. Die Jula wurde jedesmal unruhig, wenn es hieß, der Richter komme. Zum öfterenmal freilich war es ganz vergeblich, wie sie sich auch um ihn herum zu schaffen machte. Er fragte wohl stets: „Na, Jula, wie geht's? Halt alleweil fleißig? Brav, brav!“ Nur gar selten, „zu allen heiligen Zeiten einmal“, wie die Bauern sagen, setzte der Richter noch bei: „Schau du, ich hab' was für dich, Jula. Da lang' her. So, heb's gut auf!“

Da tat sie denn jedesmal bitten: „Nur keine Sechser nit! Alles Kreuzer sind mir lieber. Recht vergelt's Gott! Will schon fleißig beten.“

Mancher Bettelmann hat es erfahren, warum ihr die Kreuzer lieber waren, als wie das „große Geld“.

Ihr war ums Austeilen zu tun.

Beten sah man die Jula übrigens seltener, als man glaubt, daß ein Mensch, der so ganz auf den Himmel angewiesen ist, sollte. Im Gegenteil, wenn wir uns an

Festtagen etwas eingehend mit dem Rosenkranz abgaben, hörte ich sie nicht selten ihren Knieschemel rücken und ein wenig dabei brummen. Einstweilen schien ihr die Erde wichtiger denn der Himmel. Konnte sie die Erde auch nicht sehen, so doch tasten. Und das tat sie denn getreulich, sie arbeitete. In jedem Hause, kaum sie eintrat, wußte sie sich nützlich zu machen, und war sie die Örtlichkeit einmal gewohnt, so waren ihre Verrichtungen von wirklichem Belange. Sie hackte Streu, sie wiegte die Kinder, ja, sie molk sogar die Kühe. Und wenn es ihr gelang, ihre Arbeiten zur Zufriedenheit des Bauers und der Bäuerin zu machen, so wuchs ihr Eifer und ihre Freude, und sie vergaß, daß sie blind war.

Der Stern ihres Auges war grau, sie sah nichts als den blassen Schein des Tages.

Mein Vater behielt sie häufig länger als zwei Wochen, denn er konnte sie gut beschäftigen und sie wollte nicht fort. Und als hernach wir kamen – wir Kinder mit unserem anspruchsvollen Geschrei, die Mutter aber wie vor und eh an ihre Arbeiten in Haus und Feld gebunden, die Großmutter schon auf den Kirchhof getragen worden war, da wurde die blinde Jula unsere Wärterin und Hüterin, ja, gewissermaßen unsere Erzieherin. Eine treue, verläßliche Führerin – die blinde Jula! Dazumal war sie schon hoch in den Vierzigern. Heute weiß ich es, daß ihr Ideenkreis gar klein, ihr Mund nicht beredt war – aber dazumal horchte ich mit Lust und Andacht ihren Worten, ihren Liedern.

Wie sanft schlief sich's ein, wenn sie die Wiege schaukelte und dazu mit weicher Stimme sang:

„Schlof, mein Büabel süasse,
Die Englein lossn dih grüassn,
Sie lossn dih grüassn, sie lossn dih frogn,
Ob du willst mit eahner in Himmel einfohrn!“

Und was war das für eine Lust, wenn sie uns auf dem Knie hopste:

„Hopp, hopp, hopp
Reit man in Galopp
So reitn kloani Kindelein,
So lang sie noh kloanwinzi sein;
Wenn sie nacher größer wern,
Reiten's wie die hohen Herrn,
Reiten's wie die Bauern drein.

Hopp, hopp, hopp,
Das wird lustig sein!“

Und mit jedem Wort heftiger wurde das Hopsen, so daß wir kleinen Reiter oft hoch in die Luft flogen und vor lauter Lust ein mächtiges Geschrei erhoben.

Ganz grauenvoll aber wurde uns, wenn sie sang:

„Der is a Noor,
Und däs is nit guat,
Der sih sei Nosn wegbeißt,
Und steckt sie auf'n Huat!“

So war die Jula Herrin unserer Gefühle und Stimmungen. Allzulange währte es freilich nicht, so hatten es auch wir Kleinen rein, daß der liebe Gott die Jula nur erschaffen habe, auf daß die Leute ihre Narreteien mit ihr treiben könnten. So hockte ich ihr gerne am Nacken, und was sie auch anfangen, drohen und bitten mochte, sie brachte mich nicht herab; ich sang: „Reiten's wie die Bauern drein: Hopp, hopp, hopp, das wird lustig sein!“ und ritt sie zum Erbarmen. War ich endlich herunter und sie erwischte mich beim Rockflügel, und es gelang mir nicht, huschend das Röcklein rechtzeitig im Stiche zu lassen, dann machte sie haarsträubend Anstalten zum Prügeln und rief im entscheidenden Moment: „Für dasmal soll's dir noch geschenkt sein, du Unhold, aber wenn du mir's noch einmal so machst, nachher!“

Ich duckte mich und war stets so dreist zu fragen: „Was denn nachher?“

„Wirst es schon sehen!“

Wie spekulierte sie schlecht! Die Neugierde, was eigentlich „nachher“ sein werde, war nicht die letzte Ursache, daß ich ein nächstesmal wieder Schabernack mit ihr trieb. Da sind mir endlich einmal die Augen geöffnet worden.

Die Jula hielt viel auf hohe Festtage, nicht etwa, weil's da Schmaus gab – *diesen* religiösen Grund der bäuerlichen Festfreude schien sie nicht zu kennen – sondern weil sie sich wirklich in eine weihevolle Stimmung zu versetzen wußte, die ihr wohltat. Besonders das Weihnachtsfest! Wo das Kind mitspielt, da ist das Weib gewonnen, um so mehr, wenn das Kind der leibliche Sohn des himmlischen Vaters ist, der da geboren wird, um die Welt zu erlösen. Sie, die bettelarme, stockblinde Magd, die für sich keine Freude hatte auf Erden und keinen Freund, der man einst das Kind weg von der Mutterbrust nahm, die keine Erinnerung hegen konnte an schöne Jugendzeiten und keine Hoffnung auf einen besseren Tag, sie konnte es fühlen zutiefst, daß die Welt erlöst ist! Sie, die Lichtloseste, war die Dankbarste für das Licht der Welt, und gleichwohl sie in stiller Christnacht nicht zur Kirche gehen konnte, so blieb sie wach und kniete an ihrem Bette und betete. Sonst, wenn ihr die Arbeit im Kopfe lag und in den Händen zuckte, war sie zum Frommsein nicht aufgelegt, aber heute fühlte sie sich ganz glückselig in dem Bewußtsein, dem lieben Jesukindlein in der Krippe durch ihre ungezählten „Vaterunser" eine Freude zu machen.

In einer solchen Christnacht gingen wir zur Kirche nach Sankt Kathrein am Hauenstein. Nur der Knecht Michel und Kathel die Magd, und die Jula blieben daheim, um das Haus zu hüten. Um vier Uhr morgens kamen wir zurück. Alles schlief; wir begaben uns auch zur Ruhe.

Aber schon nach kurzer Zeit wurden wir wieder aufgeschreckt. Der Nachbar Thomas, der zur Zeit Richter war, schlug an die Haustür und schrie, wir sollten aufmachen. Als er vor meinem Vater in der Stube stand, fragte er schneidig: „Nachbar, ich muß dich schon fragen, was mit der Einlegerin geschehen ist!"

„Die Jula meinst?" versetzte mein Vater, „was wird denn mit ihr geschehen sein? Verhoff's, daß sie frisch und gesund in ihrem Bett wird schlafen."

„So geh' nur, schau nach!"

Mein Vater ging mit dem Licht in die Kammer – und das Bett der Einlegerin war leer.

„Wie kann denn *das* sein!"

„Gelt!" sagte der Bauer und sah meinen Vater an. „Das möchte man nicht glauben, daß bei dir ein armer Mensch so schlecht aufgehoben wäre. Kannst lange suchen in deinem Haus, wirst sie nicht finden."

„Du erschreckst mich, Nachbar, wird doch nichts geschehen sein?"

„Was geschehen ist, frage *ich* dich! „sagte der Nachbar und fuhr fort: „Ich erzähle, was ich weiß. – Wie ich voreh von der Kirche heim gegen mein Haus hinaufgehe, höre ich unten in der Schlucht was schreien. – Schau, denke ich, sollt' im nächsten Jahr bei mir doch wer hinaussterben, weil die Nachteul' so schreit? Erkenn's aber bald, daß es keine Nachteul' ist, daß wer nach Hilfe ruft. Muß doch schauen gehen, was das zu bedeuten hat, wate im Schnee in die Schlucht hinab und finde mitten im Dickicht und im Eis – wen denn? –

Dieselbige, die du da im Bett gesucht hast. Wie sie mich wahrnimmt, hebt sie gottserbärmlich an zu weinen, sagt nur: Zu tausend Gottes Willen, nimm mich in dein Haus! – Sonst habe ich von ihr nichts herausgebracht. Jetzt hockt sie in meiner Stube beim Ofen, sie ist halb erfroren. Und ich möchte nun wissen, Nachbar, was es bei Euch gegeben hat?“

Mein Vater pochte den Knecht Michel wach und fuhr ihn an, was in dieser Nacht, während wir in der Kirche waren, daheim geschehen sei?

„Daheim?“ lallte der schlaftrunkene Knecht, „schreist einen so närrisch an, Bauer, was wird denn geschehen sein?“

„Wo ist die Jula? „

„Die Blinde?“ fragte der Knecht entgegen und wurde geschmeidiger, „sollte die noch nicht da sein? – Weil der Patsch gar keinen Spaß nit versteht.“

Und weiteres war nicht vom Michel herauszubringen. Die Jula hingegen erzählte unter vielem Schluchzen, daß sie in einem Hause, wo es in der Christnacht so sündhaft hergehe, nicht habe bleiben können. Man möge den Michel und die Kathel nur fragen, was sie für einen sauberen Psalter gebetet hätten? Die zwei würden gemeint haben, eine Blinde sehe nichts; aber sie hätte es gehört; und als sie mit Schrecken die beiden Ohren zugehalten, da hätte ihr's inwendig gestoßen, just, als wie wenn der böse Feind nicht weit weg gewesen wäre. Sie hätte dann den Kopf in ihre Bettdecke graben und beten wollen, aber der Michel wäre gekommen und hätte ihr die Decke über das Haupt geworfen und hätte gesagt, sie wäre in ihrer Jungheit selber nicht besser gewesen. Weil sie darüber hart aufbegehrt habe, und auseinandergesetzt, das Gernhaben und das Schabernacktreiben in der heiligen Nacht, gerade dem Herrgott zum Trutz, sei zweiding! so hätten der Michel und die Magd ihr einen Strohwisch um den Kopf gewunden und sie so lange verhöhnt, bis sie davon sei gegangen in die Winternacht hinaus, und über die Felder hin, und sich dann in die Schlucht arg habe verstiegen.

Mein Vater führte die blinde Jula mit gütigen Worten in unser Haus zurück, und zum Knecht und zur Magd sagte er: „Daß ihr's wißt, in acht Tagen ist das Jahr aus.“

Der Knecht brummte etwas, die Kathel hub zu klagen an, sie, die Fleißige und Arbeitskräftige, würde doch dieser alten, bettelhaften Person wegen nicht den Platz verlieren?

„Du Dirn!" sagte mein Vater gespannt, „zünde mich nicht an! Ich will, daß wir *gut* auseinanderkommen."

Die Jula war durch die Erkältung schwer erkrankt. Und als ich an ihrem Bette saß und in das blasse, alternde Antlitz mit den lichtlosen Augen sah, da nahm ich mir vor, wenn sie wieder gesund würde, nicht mehr auf diesem Rößlein zu reiten.

Sie wurde wieder gesund und sie blieb bei uns. Und als wir Kinder ihrer Pflege entwachsen waren, übernahm sie das Stallamt – pflegte die Kühe und Kälber, molk, was zu melken war und versah den Dienst besser und verläßlicher, als ihn je eine Vorgängerin versehen hatte. Mit den Leuten hatte sie nicht viel Gemeinschaft, sie schien sich, das hat sie mir einmal vertraut, zu einfältig dazu. Hingegen verstand sie sich mit den Tieren des Stalles. Abends, wenn sie schon in ihrem Bette lag – das nun im Stalle stand – konnte man sie oft stundenlang sprechen hören. Sie erzählte den Rindern ihre Jugendzeit, teilte ihnen ihre Erfahrungen mit, ihre Ansichten und Bedenken über den Gang der Welt. „Du Kalberl, bist schon auf? Gelt, gut geschlafen hast auf der frischen Streu?" – Sie war es, die mancher Kuh durch gute Worte und Gebärden mehr Milch aus dem Euter zu schmeicheln wußte, als den anderen gelingen wollte; eine Kuh hatten wir, die niemandem Milch ließ als der blinden Jula, wenn diese beim Melken Jodler sang.

Und wenn bisweilen ein Fremder an unserem Hause vorbeiging und er hörte das fröhliche, hell und weich klingende Singen, so mochte es wohl passieren, daß er durch die Stalltür lugte, was denn da drinnen für ein schönes Kind sei. Und sah dann das alte blinde Weiblein! Da kam aber bisweilen – wenn ein paar Feiertage nebeneinanderstanden, die dem Bediensteten weitere Gänge eigener Wege ermöglichten – ein Mann aus der Pretuller Gemeinde; er war noch jung, aber schon kräftig ausgewachsen und trug ein falbes Schnurrbärtchen im Gesichte und einen weißen Federbusch auf dem Hute. Der belauschte mit Lust die Sängerin und schlich schließlich zu ihr in den Stall. Er blieb mitunter länger drinnen, als das Melken währte, und die Jula redete nicht laut, wie sonst, wenn sie allein war, sondern flüsterte. Und wenn sie dann mit der Milch ins Haus kam, lag ein Himmel von Glückseligkeit in ihrem geröteten Antlitze.

Zweimal des Jahres ging sie zur Beichte. Dazu traf sie jedesmal eine Woche vorher umfassende Vorbereitungen und suchte sich im Hause oder in der Nachbarschaft einen Gefährten aus, der sie in die Kirche führte. Es ließ sich jeder gern herbei, denn nach dem Gottesdienste ging die Blinde mit dem Führer ins Wirtshaus und ließ ihm ein Mittagsmahl aufsetzen, dessen sich kein Herrnbauer hätte schämen dürfen. Hatte sie doch ein halbes Jahr lang das ihr zugefallene Armengeld dafür zusammengespart, und außer dem Almosen, das sie mitunter an Bettler verteilte, für sich kaum einen Kreuzer ausgegeben. Und diese Wirtshausstunden, da sie jemanden bewirten konnte mit feinem Speis und Trank, und dabeisitzen und mitfühlen, wie es schmecke – diese Stunden schienen die glorreichsten ihres Lebens zu sein.

Ein paarmal trug es sich zu, daß meine Mutter nicht in die Kirche gehen konnte, weil nicht so viel Geld im Hause war, daß sie sich im Kirchdorf hätte können eine Labnis gönnen. Das nahm die blinde Jula wahr und grollte, daß man ihr die Sache verheimlicht hätte. Geld sei ja doch im Hause! Und sie suchte aus ihrem Bettstroh das bekannte Lederbeutelchen hervor, und die Einlegerin gab der Hausgesessenen Almosen.

In Ruhe habe ich die Jula tagsüber nie gesehen, immer bei einer Arbeit. Und wenn sonst nichts für sie zu tun war, so tappte sie sich mit dem Stock zu einem Steinhaufen hinaus und legte die auseinandergerollten Steine zusammen. Sie wollte nicht die Blinde und die Arme spielen, und wer sie bemitleidete und bedauerte, dem war sie unhold und gab ihm zu bedenken, er möge rechte Leute in Ruhe lassen und zusehen, daß er nicht selbst zu bedauern sein werde!

Sie war die Wachsamste im Hause und wußte auch in allerlei Dingen Auskunft und Bescheid besser und verläßlicher, wie wir anderen; und nicht selten, wenn wir irgendeine in Verstoß geratene Sache alle miteinander mit offenen Augen vergeblich gesucht hatten, war es die blinde Jula, die sie auffand und herbeibrachte. Sie war die erste, die mich an den Schritten erkannte, wenn ich vom Walde heimkehrte; sie war auch die aufmerksamste Zuhörerin, wenn ich manchmal von kleinen Erlebnissen erzählte; sie hatte mich lieb behalten.

Zuweilen in Unglücksfällen, wenn uns der Kopf verloren ging, war sie es, die Rat und Trost wußte. Ich sah sie nie verzagt. Unwirsch war sie oft, aber wenn sie sich ausgebrummt hatte, bat sie alsogleich, daß man es ihr nicht übel nehme.

Ich vermute, die Jula hatte die ganzen dreiundsechzig Jahre nicht ein einziges Wort gesagt, aus welchem zu entnehmen gewesen, daß sie blind war. Die Kühe nannte sie selten bei ihren rechten Namen, die wir ihnen beigelegt hatten, sondern sprach, als unterscheide für sie stets die Farbe, nur von der „Braunen", der „Scheckigen", der „Falben", der „Weißen".

Für ihr Leben sprach sie nur einen einzigen Wunsch aus; wie alle Menschen, so wollte auch sie *empor* kommen: Wenn sie eine Schwaigerin kunnt sein auf der Höh'!

Wie oft hörte man sie singen:

„Jo, auf der Olm, do wa mei Glück,
I tauschat mit kana Gräfin nit! –
A Sennerin blieb ih ewiglich,
Und wan ih stirb, wir ih a Schwolbn;
Bis ma da Tod mei Herzerl bricht,
Gang ih nit weg von meiner Olm."

„Ja", murmelte sie dann, „schon lang! wenn ich nicht *so* wäre!"

Dieses „so" war ihre einzige Hindeutung auf ihren Zustand. Übrigens waren ihre anderen Sinne derart ausgebildet, daß man glaubte, sie habe ihre Augen in den Ohren, an der Nase, an den Fingerspitzen. Sonst ist die Seele gewohnt, bei den glänzenden Toren der Augen aus- und einzugehen; aber wo diese Tore verschlossen sind, da tritt sie sich durch die anderen Organe ihren verläßlichen und lieblichen Pfad.

Eines Tages kam einer unserer Nachbarn, zündete sich am Herd die Pfeife an und fragte, wie lange wir denn die Jula noch zu behalten gedächten? Er hätte sie auch zu brauchen. Und das arme Weib, welches man einst nur mit Widerwillen in die Gemeinde genommen hatte, war jetzt in ihren alten Tagen gesucht, umworben und allerorts als eine vorzügliche Arbeitskraft geschätzt.

So weit hatte sie es gebracht. Und wer früher an die Pflicht erinnert werden mußte, die Jula zu nehmen, der pochte jetzt auf sein *Recht,* sie zu erhalten.

Und der Mann mit dem falben Schnurrbart kam immer noch zu ihr, und brachte ihr stets ein Handbündelchen mit, voll Semmeln, Obst oder Lebkuchen. Wie war ihr hart, wenn sie ihm nichts spenden konnte, und wie war sie meinem Vater dankbar, wenn er den Mann aus der Pretuller Gemeinde zu Tische lud oder sonst ein freundliches Wort mit ihm sprach. Und wenn sie den Burschen belastete an seiner breiten Brust, an seinen Schultern, an seinem stämmigen Nacken – bis zu den dichten Haaren seines Scheitels vermochte sie kaum emporzulangen – da flüsterte sie wohl: „Wie groß du mir geworden bist, mein Tritzel, seit ich dich das letztemal hab' gesehen!"

Freilich, damals, als du ihn das letztemal gesehen hattest, war er ein kleines Kind gewesen, mit roten Wängelchen und himmelblauen Äuglein... O weine nicht jetzt, du armes, achtloses Mutterauge! Du *siehst* ihn ja; ewig unverdrängt bleibt dir sein Kindesangesicht im Herzen, während andere Mütter, wenn sie vor erwachsenen Söhnen stehen, oft klagen, daß sie kein *Kind* mehr hätten.

Als ich später in die Welt ging, ließ ich die blinde Jula noch bei meinen Eltern zurück.

Als diese davonzogen – der Vater in das Tal der Mürz, die Mutter in den himmlischen Frieden – da begann die Jula wieder ihr Wanderleben von Haus zu Haus. Aber nirgends soll sie sich mehr so in die Verhältnisse gefunden haben, als bei uns. Ihr Sohn, als armer Bauernknecht im Gebirge, wurde bald von seiner eigenen Arbeitslast gebeugt. Als ich, ins Gebirge zurückgekehrt, die Jula vor einigen Jahren wiedersah, waren ihre Haare grau, und gar gekrümmt stützte sie sich auf den Stock – es war noch derselbe mit dem Riemlein am Griffknorpel. Seither hatte ich mir oft vorgenommen, der vieljährigen Genossin meines Heimatshauses einmal etwas Liebes zu erweisen. Wie es aber zumeist geht, wenn man ein Gutes, das dem Herzen entquillt, nicht gleich am ersten Tage übt – es wurde verschoben bis zu jenem sonnigen Frühlingsmorgen, da der Sarg aus weißen Tannenbrettern vorüberschwankte an meinem Fenster. Ein unendliches Meer von Licht umwogte die Welt; ein sonniger Strom quoll ihr nach ins tiefe Grab.

Einer Weihnacht Lust und Gefahr

In unserer Stube, an der mit grauem Lehm übertünchten Ofenmauer, stand jahraus jahrein ein Schemel aus Ahornholz. Er war immer glatt und rein gescheuert, denn er wurde, wie die anderen Stubengeräte, jeden Samstag mit feinem Bachsande und einem Strohwisch abgerieben. In der Zeit des Frühlings, des Sommers und des Herbstes stand dieser Schemel leer und einsam in seinem Winkel, nur zur Abendzeit zog ihn die Ahne etwas weiter hervor, kniete auf denselben hin und verrichtete ihr Abendgebet.

Als aber der Spätherbst kam mit den langen Abenden, an welchen die Knechte in der Stube aus Kienscheitern Leuchtspäne kloben, und die Mägde, sowie auch meine Mutter und Ahne Wolle und Flachs spannen, und als die Adventszeit kam, in welcher an solchen Span- und Spinnabenden alte Märchen erzählt und geistliche Lieder gesungen wurden, da saß ich beständig auf dem Schemel am Ofen.

Aber die langen Adventnächte waren bei uns immer sehr kurz. Bald nach zwei Uhr begann es im Hause unruhig zu werden. Oben auf dem Dachboden hörte man die Knechte, wie sie sich ankleideten und umhergingen, und in der Küche brachen die Mägde Späne ab und schürten am Herde. Dann gingen sie alle auf die Tenne zum Dreschen.

Auch die Mutter war aufgestanden und hatte in der Stube Licht gemacht; bald darauf erhob sich der Vater und sie zogen Kleider an, die nicht ganz für den Werktag und auch nicht ganz für den Feiertag waren. Dann sprach die Mutter zur Ahne, die im Bette lag, einige Worte, und wenn ich, erweckt durch die Unruhe, auch was sagte, so gab sie mir zur Antwort: „Sei du nur schön still und schlaf!“ – Dann zündeten meine Eltern eine Laterne an, löschten das Licht in der Stube aus und gingen aus dem Hause. Ich hörte noch die äußere Türe gehen und ich sah an den Fenstern den Lichtschimmer vorüberflimmern und ich hörte das Ächzen der Tritte im Schnee und ich hörte noch das Rasseln des Kettenhundes. – Dann wurde es ruhig, nur war das dumpfe, gleichmäßige Pochen der Drescher zu vernehmen, dann schlief ich wieder ein.

Der Vater und die Mutter gingen in die mehrere Stunden entfernte Pfarrkirche zur Rorate. Ich träumte ihnen nach, ich hörte die Kirchenglocken, ich hörte den Ton der Orgel und das Adventlied: Maria, sei gegrüßet, du lichter Morgenstern! Und ich sah die Lichter am Hochaltare, und die Engelein, die über demselben standen, breiteten ihre goldenen Flügel aus und flogen in der Kirche umher, und einer, der mit der Posaune über dem Predigtstuhl stand, zog hinaus in die Heiden und in die Wälder und blies es durch die ganze Welt, daß die Ankunft des Heilandes nahe sei.

Als ich erwachte, strahlte die Sonne schon lange zu den Fenstern herein und draußen flimmerte der Schnee, und die Mutter ging wieder in der Stube umher und war in Werktagskleidern und tat häusliche Arbeiten. Das Bett der Ahne neben dem meinigen war auch schon geschichtet und die Ahne kam nun von der Küche herein und half mir die Höschen anziehen und wusch mein Gesicht mit kaltem Wasser, daß ich aus Empfindsamkeit zugleich weinte und lachte. Als dieses geschehen war, kniete ich auf meinen Schemel hin und betete mit der Ahne den Morgensegen:

In Gottes Namen aufstehen,
Gegen Gott gehen,
Gegen Gott treten,
Zum himmlischen Vater beten,
Daß er uns verleih'
Lieb' Engelein drei:
Der erste, der uns weist,
Der zweite, der uns speist,
Der dritte, der uns behüt' und bewahrt,
Daß uns an Leib und Seel' nichts widerfahrt.

Nach dieser Andacht erhielt ich meine Morgensuppe, und nach derselben kam die Ahne mit einem Kübel Rüben, die wir nun zusammen zu schälen hatten. Ich saß dabei auf meinem Schemel. Aber bei dem Schälen der Rüben konnte ich die Ahne nie vollkommen befriedigen: ich schnitt stets eine zu dicke Schale, ließ sie aber stellenweise doch wieder ganz auf der Rübe. Wenn ich mich dabei gar in den Finger schnitt und gleich zu weinen begann, so sagte die Ahne immer sehr unwirsch: „Mit dir ist wohl ein rechtes Kreuz, man soll dich frei hinauswerfen in den Schnee!“ Dabei verband sie mir die Wunde mit unsäglicher Sorgfalt und Liebe.

So vergingen die Tage des Advents, und ich und die Ahne sprachen immer häufiger und häufiger von dem Weihnachtsfeste und von dem Christkinde, das nun bald kommen werde.

Je mehr wir dem Feste nahten, um so unruhiger wurde es im Hause. Die Knechte trieben das Vieh aus dem Stalle und gaben frische Streu hinein und stellten die Barren und Krippen zurecht; der Halterbub striegelte die Ochsen, daß sie ein glattes Aussehen bekamen; der Futterbub mischte mehr Heu in das Stroh als gewöhnlich und bereitete davon einen ganzen Stoß in der Futterkammer. Die Kuhmagd tat das gleiche. Das Dreschen hatte schon einige Tage früher aufgehört, weil man durch den Lärm die nahen Festtage zu entheiligen glaubte.

Im ganzen Hause wurde gewaschen und gescheuert, selbst in die Stube kamen die Mägde mit ihren Wasserkübeln und Strohwischen und Besen hinein. Ich freute mich immer sehr auf dieses Waschen, weil ich es gern hatte, wie alles drunter und drüber gekehrt wurde, und weil die Heiligenbilder im Tischwinkel, die braune Schwarzwälderuhr mit ihrer Metallschelle und andere Dinge, die ich immer sonst nur von der Höhe zu sehen bekam, herabgenommen und mir näher gebracht wurden, so daß ich alles viel genauer betrachten konnte. Freilich war nicht erlaubt, dergleichen Dinge anzurühren, weil ich noch zu ungeschickt und unbesonnen dafür wäre und die Gegenstände leicht beschädigen könne. Aber es gab doch Augenblicke, da man im eifrigen Waschen und Reiben nicht auf mich achtete.

In einem solchen Augenblicke kletterte ich einmal über den Schemel auf die Bank und von der Bank auf den Tisch, der aus seiner gewöhnlichen Stellung gerückt war und auf dem die Schwarzwälderuhr lag. Ich machte mich an die Uhr, von der die Gewichte über den Tisch hingen, sah durch ein offenes Seitentürchen in das messingene, sehr bestaubte Räderwerk hinein, tupfte einigemal an die kleinen Blätter des Windrädchens und legte die Finger endlich selbst an das Rädchen, ob es denn nicht gehe; aber es ging nicht. Zuletzt rückte ich auch ein wenig an einem Holzstäbchen, und als ich das tat, begann es im Werk fürchterlich zu rasseln. Einige Räder gingen langsam, andere schneller und das Windrädchen flog, daß man es kaum sehen konnte. Ich war unbeschreiblich erschrocken, ich kollerte vom Tisch über Bank und Schemel auf den nassen, schmutzigen Boden hinab; da faßte mich schon die Mutter am Röcklein. Das Rasseln in der Uhr wollte gar nicht aufhören, und zuletzt nahm mich die Mutter mit beiden Händen und trug mich in das Vorhaus und schob mich durch die Tür hinaus in den Schnee und schlug die Türe hinter mir zu. Ich stand wie vernichtet da, ich hörte von innen noch das Greinen der Mutter, die ich sehr beleidigt haben mußte, und ich hörte das Scheuern und Lachen der Mägde, und noch immer das Rasseln der Uhr.

Als ich eine Weile dagestanden und geschluchzt hatte, und als gar niemand gekommen war, der Mitleid mit mir gehabt hätte, ging ich nach dem Pfade, der in den Schnee getreten war, über den Hausanger und über das Feld dem Walde zu. Ich wußte nicht, wohin ich wollte, dachte auch nicht weiter daran.

Aber ich war noch nicht zu dem Walde gekommen, als ich hinter mir ein grelles Pfeifen hörte. Das war das Pfeifen der Ahne.

„Wo willst du denn hin, du dummes Kind", rief sie, „wart', wenn du so im Wald herumlaufen willst, so wird dich schon die Mooswaberl abfangen, wart' nur!"

Auf dieses Wort kehrte ich augenblicklich um gegen das Haus, denn die Mooswaberl fürchtete ich sehr.

Ich ging aber immer noch nicht hinein, ich blieb im Hofe stehen, wo der Vater und zwei Knechte gerade ein Schwein aus dem Stalle zogen, um es abzustechen. Über das ohrenzerreißende Schreien des Tieres und über das Blut, das ich nun sah, und das eine Magd in einen Topf auffing, vergaß ich das Vorgefallene, und als der Vater im Vorhaus das Schwein abhäutete, stand ich schon wieder dabei und hielt die Zipfel der Haut, die er mit einem großen Messer von dem speckigen Fleisch immer mehr und mehr lostrennte. Als später die Eingeweide herausgenommen waren und die Mutter Wasser in das Becken goß, sagte sie zu mir: „Geh' weg da, sonst wirst du ganz angespritzt!“

Aus diesen Worten entnahm ich, daß die Mutter mit mir wieder versöhnt sei, und nun war alles gut, und als ich in die Stube kam, um mich zu erwärmen, stand da alles an seinem gewöhnlichen Platz. Boden und Wände waren noch feucht, aber rein gescheuert, und die Schwarzwälderuhr hing wieder an der Wand und tickte. Und sie tickte viel lauter und heller durch die neu hergestellte Stube, als früher.

Endlich nahm das Waschen und Reiben und Glätten ein Ende, im Hause wurde es ruhiger, fast still, und der heilige Abend war da. Das Mittagsmahl am heiligen Abend wurde nicht in der Stube eingenommen, sondern in der Küche, wo man das Nudelbrett als Tisch eignete und sich um dasselbe herumsetzte und das einfache Fastengericht still, aber mit gehobener Stimmung verzehrte.

Der Tisch in der Stube war mit einem schneeweißen Tuche bedeckt, und vor dem Tische stand mein Schemel, auf welchen sich zum Abend, als die Dämmerung einbrach, die Ahne hinkniete und still betete.

Mägde gingen leise durch das Haus und bereiteten ihre Festtagskleider vor und die Mutter tat in einen großen Topf Fleischstücke, goß Wasser daran und stellte ihn zum Herdfeuer. Ich schlich in der Stube auf den Zehenspitzen herum und hörte nichts, als das lustige Prasseln des Feuers in der Küche. Ich blickte auf meine Sonntagshöschen und auf das Jöppel und auf das schwarze Filzhütlein, das schon an einem Nagel der Wand hing, und dann blickte ich durch das Fenster in die hereinbrechende Dunkelheit hinaus. Wenn kein ungünstiges Wetter eintrat, so durfte ich in der Nacht mit dem Großknecht in die Kirche gehen. Und das Wetter war ruhig und es würde auch, wie der Vater sagte, nicht allzu kalt werden, weil auf den Bergen Nebel liege.

Unmittelbar vor dem „Rauchengehen“, in welchem Haus und Hof nach alter Sitte mit Weihwasser und Weihrauch besegnet wird, hatten der Vater und die

Mutter einen kleinen Streit. Die Mooswaberl war dagewesen, hatte glückselige Feiertage gewünscht und die Mutter hatte ihr für den Festtag ein Stück Fleisch geschenkt. Darüber war der Vater etwas ungehalten; er war sonst ein Freund der Armen und gab ihnen nicht selten mehr, als unsere Verhältnisse es erlauben wollten, aber der Mooswaberl sollte man seiner Meinung nach kein Almosen reichen. Die Mooswaberl war ein Weib, das gar nicht in die Gegend gehörte, das unbefugt in den Wäldern umherstrich, Moos und Wurzeln sammelte, in halbverfallenen Köhlerhütten Feuer machte und schlief. Daneben zog sie bettelnd zu den Bauernhöfen, wollte Moos verkaufen, und da sie keine Geschäfte machte, verfluchte sie das Leben. Kinder, die sie ansah, fürchteten sich entsetzlich vor ihr und viele wurden krank; Kühen tat sie an, daß sie rote Milch gaben.

Wer ihr eine Wohltat erwies, den verfolgte sie einige Minuten und sagte ihm: „Tausend und tausend vergelt's Gott bis in den Himmel hinauf."

Wer sie aber verspottete oder sonst auf irgendeine Art beleidigte, zu dem sagte sie: „Ich bete dich hinab in die unterste Höllen!"

Die Mooswaberl kam oft zu unserem Hause und saß gern vor demselben auf dem grünen Rasen oder auf dem Querbrett der Zaunstiegel, trotz des heftigen Bellens und Rasselns unseres Kettenhundes, der sich gegen dieses Weib besonders unbändig zeigte. Aber die Mooswaberl saß so lange vor dem Hause, bis die Mutter ihr eine Schale Milch, oder ein Stück Brot, oder beides hinaustrug. Meine Mutter hatte es gern, wenn das Weib sie durch ein tausendfaches Vergeltsgott bis in den Himmel hinauf wünschte. Der Vater legte dem Wunsch dieser Person keinen Wert bei, war er ein Segensspruch oder ein Fluch.

Als man draußen in einem Dorfe vor Jahren das Schulhaus baute, war dieses Weib mit dem Manne in die Gegend gekommen und hatte bei dem Baue mitgeholfen, bis er bei einer Steinsprengung getötet wurde. Seit dieser Zeit arbeitete sie nicht mehr und zog auch nicht fort, sondern trieb sich herum, ohne daß man wußte, was sie tat und was sie wollte. Zum Arbeiten war sie nicht mehr zu bringen; sie schien geisteskrank zu sein.

Der Richter hatte die Mooswaberl schon mehrmals aus der Gemeinde gewiesen, aber sie war immer wieder zurückgekommen. „Sie würde nicht immer zurückgekommen sein", sagte mein Vater, „wenn sie in dieser Gegend nichts gebettelt bekäme. So wird sie hier verbleiben und wenn sie alt und krank ist, müssen wir sie auch pflegen; das ist ein Kreuz, welches wir uns selbst an den Hals gebunden haben."

Die Mutter sagte nichts zu solchen Worten, sondern gab der Mooswaberl, wenn sie kam, immer das gewohnte Almosen, und heute noch etwas mehr, zu Ehren des hohen Festes.

Darum also war der kleine Streit zwischen Vater und Mutter gewesen, der aber sogleich verstummte, als zwei Knechte mit dem Rauch- und Weihwassergefäß in das Haus kamen.

Nach dem Rauchen stellte der Vater ein Kerzenlicht auf den Tisch, Späne durften heute nur in der Küche gebrannt werden. Das Nachtmahl wurde schon wieder in der Stube eingenommen. Der Großknecht erzählte während desselben Weihnachtsgeschichten.

Nach dem Abendmahle sang die Mutter ein Hirtenlied. So wonnevoll ich sonst diesen Liedern lauschte, aber heute dachte ich nur immer an den Kirchgang und wollte durchaus schon das Sonntagskleidchen anziehen. Man sagte, es sei noch später Zeit dazu, aber endlich gab die Ahne meinem Drängen doch nach und zog mich an. Der Stallknecht kleidete sich sehr sorgsam in seinen Festtagsstaat, weil er nach dem Mitternachtsgottesdienst nicht nach Hause gehen, sondern im Dorfe den Morgen abwarten wollte. Gegen neun Uhr waren auch die anderen Knechte und Mägde bereit und zündeten am Kerzenlicht eine Spanlunte an. Ich hielt mich an den Großknecht, und meine Eltern und meine Großmutter, welche daheim blieben, um das Haus zu hüten, besprengten mich mit Weihwasser und sagten, daß ich nicht fallen und nicht erfrieren möge.

Dann gingen wir.

Es war sehr finster und die Lunte, welche der Stallknecht vorantrug, warf ihr rotes Licht in einer großen Scheibe auf den Schnee und auf den Zaun und auf die Sträucher und Bäume, an denen wir vorüberkamen. Mir kam dieses rote Leuchten, das zudem noch durch die großen Schatten unserer Körper unterbrochen war, grauenhaft vor und ich hielt mich sehr ängstlich an den Großknecht, so daß dieser einmal sagte: „Aber hörst, meine Joppe mußt du mir lassen, was tät' ich denn, wenn du mir sie abrissest?"

Der Pfad war eine Zeitlang sehr schmal, so daß wir hintereinander gehen mußten, wobei ich nur froh war, daß ich nicht der letzte war, denn ich bildete mir ein, daß dieser unbekannten Gefahren ausgesetzt sein müsse.

Eine schneidende Luft ging und die glimmenden Splitter der Lunte flogen weithin, und selbst als sie auf die harte Schneekruste niederfielen, glimmten sie noch eine Weile fort.

Wir waren bisher über Blößen und durch Gesträuche und Wälder abwärts gegangen; jetzt kamen wir zu einem Bache, den ich sehr gut kannte, er floß durch die Wiese, auf welcher wir im Sommer das Heu machten. Im Sommer rauschte dieser Bach schön, aber heute hörte man nichts, weil er überfroren war. Auch an einer Mühle kamen wir vorüber, an welcher ich heftig erschrak, weil einige Funken auf das Dach flogen; aber auf dem Dache lag Schnee und die Funken erloschen. Endlich verließen wir den Bach, und der Weg führte aufwärts durch Wald, in welchem der Schnee seicht lag, aber auch keine feste Kruste hatte.

Dann kamen wir zu einer breiten Straße, wo wir nebeneinander gehen konnten und wo wir dann und wann ein Schlittengeschelle hörten. Dem Stallknecht war die Lunte bereits bis zu der Hand herabgebrannt und er zündete eine neue an, die er vorrätig hatte. Auf der Straße sah man jetzt auch andere Lichter, große rote Fackeln, die heranloderten, als schwämmen sie allein in der schwarzen Luft, und hinter denen nach und nach ein Gesicht und mehrere Gesichter auftauchten, von Kirchengehern, die sich nun auch zu uns gesellten. Und wir sahen Lichter von anderen Bergen und Höhen, die noch so weit entfernt waren, daß wir nicht erkennen konnten, ob sie standen oder sich bewegten.

So gingen wir weiter. Der Schnee knirschte unter unseren Füßen, und wo ihn der Wind weggetragen hatte, da war der schwarze nackte Boden so hart, daß unsere Schuhe an ihm klangen. Die Leute sprachen und lachten viel, aber mir war, als sei das in der heiligen Christnacht nicht recht; ich dachte nur immer schon an die Kirche und wie das doch sein werde, wenn mitten in der Nacht Musik und ein Hochamt ist.

Als wir eine lange Weile auf der Straße fortgegangen und an einzelnen Bäumen und an Häusern vorüber, und dann wieder über Felder und durch Wald gekommen waren, hörte ich auf den Baumwipfeln plötzlich ein Klingen. Als ich horchen wollte, hörte ich es nicht, bald aber wieder und deutlicher als das erstemal. Es war der Ton des kleinen Glöckleins vom Turme der Kirche. Die Lichter, die wir auf den Bergen und im Tale sahen, wurden immer häufiger und alle schwammen der Kirche zu. Auch die ruhigen Sterne der Laternen schwebten heran und auf der Straße wurde es immer lebhafter. Das kleine Glöcklein wurde durch ein größeres abgelöst und das läutete so lange, bis wir fast nahe der Kirche kamen. – Also war es doch wahr, wie die Ahne gesagt hatte: Um Mitternacht fangen die Glocken zu läuten an und läuten so lange, bis aus fernen Tälern der letzte Bewohner der Hütten zur Kirche kommt.

Die Kirche steht auf einem mit Birken und Schwarztannen bewachsenen Berglein, und um sie liegt der kleine Friedhof, welcher mit einer niederen Mauer umgeben ist. Die wenigen Häuser stehen im Tale.

Als die Leute an die Kirche gekommen waren, steckten sie ihre Lunten umgekehrt in den Schnee, daß sie erloschen, nur eine wurde zwischen zwei Steine der Friedhofsmauer geklemmt und brennen gelassen.

Jetzt klang auf dem Turme in langsamem, gleichmäßigem Wiegen schon die große Glocke. Aus den schmalen, hohen Kirchenfenstern fiel heller Schein. Ich wollte in die Kirche, aber der Großknecht sagte, es habe noch Zeit, und er blieb stehen und sprach und lachte mit anderen Burschen und stopfte sich eine Pfeife an.

Endlich klangen alle Glocken zusammen, in der Kirche begann die Orgel zu tönen und nun gingen wir hinein.

Das sah ganz anders aus wie an den Sonntagen. Die Lichter, die auf dem Altare brannten, waren hellweiße, funkelnde Sterne, und der vergoldete Tabernakel strahlte herrlich zurück. Die Lampe des ewigen Lichtes war rot. Der obere Raum der Kirche war so dunkel, daß man die schönen Verzierungen des Schiffes kaum sehen konnte. Die dunkeln Gestalten der Menschen saßen in den Stühlen oder standen neben denselben; die Weiber waren sehr in Tücher eingeschlagen und husteten. Viele hatten Kerzen vor sich brennen und sangen aus ihren Büchern mit, als auf dem Chore das Tedeum ertönte. Der Großknecht führte mich durch die zwei Reihen der Stühle gegen einen Nebenaltar, wo schon mehrere Leute standen. Dort hob er mich auf einen Schemel zu einem Glaskasten empor, der, von drei Kerzen beleuchtet, zwischen zwei aufgesteckten Tannenwipfeln stand und den ich früher, wenn ich mit den Eltern in die Kirche kam, nie gesehen hatte. Als mich der Großknecht auf den Schemel gehoben hatte, sagte er mir leise ins Ohr: „So, jetzt kannst das Krippel anschauen.“ Dann ließ er mich stehen und ich schaute durch das Glas. Da kam ein Weiblein zu mir herbei und sagte leise: „Ja, Kind, wenn du das anschauen willst, so muß dir's auch jemand auslegen.“ Und sie erklärte mir die Dinge, die im Kasten waren.

Außer der Mutter Maria, die über den Kopf ein blaues Tuch geschlagen hatte, das bis zu den Füßen hinabhing, waren alle Gestalten so gekleidet wie ältere Bauern. Der heilige Joseph selbst trug grüne Strümpfe und eine lederne Kniehose. Und in der Krippe lag das nackte Kindlein.

Als das Tedeum zu Ende war, kam der Großknecht wieder, hob mich von dem Schemel und wir setzten uns in einen Stuhl. Dann ging der Kirchenmann herum und zündete alle Kerzen an, die in der Kirche waren, und jeder Mensch, auch der Großknecht, zog nun ein Kerzlein aus dem Sack und zündete es an und klebte es vor sich auf die Bank. Jetzt war es so hell in der Kirche, daß man auch die Verzierungen an der Decke schön sehen konnte.

Auf dem Chore stimmte man Geigen und Trompeten und Pauken, und als an der Sakristeitür das Glöcklein klang und der Pfarrer in strahlendem Meßkleide, begleitet von Ministranten und rotbemäntelten Windlichtträgern, über den purpurnen Fußteppich zum Altare ging, da rauschte die Orgel in ihrem ganzen Vollklang, da wirbelten die Pauken und schmetterten die Trompeten.

Weihrauch stieg auf und hüllte den ganzen lichtstrahlenden Hochaltar in einen Schleier. – So begann das Hochamt und so strahlte und tönte und klang es um Mitternacht. Beim Offertorium waren alle Instrumente still, nur zwei helle Stimmen sangen ein liebliches Hirtenlied und während des Benediktus jodelten eine Klarinette und zwei Flügelhörner langsam und leise den Wiegengesang. Während des letzten Evangeliums hörte man auf dem Chore den Kuckuck und die Nachtigall, wie mitten im sonnigen Frühling.

Tief nahm ich sie auf in meine Seele, die wunderbare Heiligkeit der Christnacht, aber ich jauchzte nicht vor Entzücken, ich blieb ernst, ruhig und fühlte die Weihe.

Und während die Musik tönte, dachte ich an Vater und Mutter und Großmutter daheim. Die knien jetzt um den Tisch bei dem einzigen Kerzenlichtlein und beten, oder sie schlafen und es ist finster in der Stube, und nur die Uhr geht, und es liegt tiefe Ruhe über den waldigen Bergen und die Christnacht ist ausgebreitet über die ganze Welt.

Als das Amt seinem Ende nahte, erloschen nach und nach die Kerzlein in den Stühlen, und der Kirchenmann ging wieder herum und dämpfte mit seinem langgestielten Blechkäppchen an den Wänden und Bildern und Altären, und es duftete das Wachs der ausgelöschten Lichter. Die am Hochaltare brannten noch, als auf dem Chore der letzte freudenreiche Festmarsch erscholl und sich die Leute aus der Kirche drängten.

Als wir in das Freie kamen, war es trotz des dichten Nebels, der sich von den Bergen niedergesenkt hatte, nicht mehr ganz so finster wie vor Mitternacht. Es mußte der Mond aufgegangen sein; man zündete keine Fackeln mehr an. Es schlug ein Uhr, aber der Schulmeister läutete schon die Avemariaglocke zum Christmorgen. Ich warf noch einen Blick auf die Kirchenfenster; aller Festglanz war erloschen, ich sah nur mehr den matten Schimmer des ewigen Lichtes.

Als ich mich dann wieder an den Rock des Großknechtes halten wollte, war dieser nicht mehr da, einige fremde Leute waren um mich, die miteinander sprachen und sich sofort auf den Heimweg machten. Mein Begleiter mußte schon voraus sein; ich eilte ihm nach, lief schnell an mehreren Leuten vorüber, auf daß ich ihn bald einhole. Ich lief, so sehr es meine kleinen Füße konnten, ich kam durch den finsteren Wald und ich kam über Felder, über welche scharfer Wind blies, so daß ich, so warm mir sonst war, von Nase und Ohren fast nichts mehr wahrnahm. Die Leute, die früher noch auf der Straße gegangen waren, verloren sich nach und nach und ich war allein und den Großknecht hatte ich noch immer nicht erreicht. Ich dachte, daß er auch hinter mir sein könne, und beschloß, geradeswegs nach Hause zu eilen. Auf der Straße lagen hier und da schwarze Punkte, Kohlen der Spanfackeln, welche die Leute auf dem Kirchwege abgeschüttelt. Die Gesträuche und Bäumchen, die neben am Wege standen und unheimlich aus dem Nebel emportauchten, beschloß ich gar nicht anzusehen, aber ich sah sie doch an, wendete meine Augen nach allen Seiten, ob nicht irgendwo ein Gespenst auf mich zukomme.

Nun war ich zum Pfad gekommen, der mich von der Straße abwärts durch den Wald und in das jenseitige Tal führen sollte. Ich bog ab und eilte unter den langästigen Bäumen dahin. Die Wipfel rauschten und dann und wann fiel ein Schneeklumpen neben mir nieder. Stellenweise war es auch so finster, daß ich kaum die Stämme sah, wenn ich nicht an dieselben stieß, und daß ich den Pfad verlor. Letzteres war mir ziemlich gleichgültig, denn der Schnee war sehr seicht, auch war anfangs der Boden hübsch glatt, aber allmählich begann er steil und steiler zu werden und unter dem Schnee war viel Gestrüppe und hohes Heidekraut. Die Baumstämme standen nicht mehr so regelmäßig, sondern zerstreut, manche schief hängend, manche mit aufgerissenen Wurzeln an anderen lehnend, manche mit wild und wirr anfragenden Ästen auf dem Boden liegend. Das hatte ich nicht gesehen, als wir aufwärts gingen. Ich konnte oft kaum weiter, ich mußte mich durch das Gesträuche und Geäste durchwinden. Oft brach der Schnee ein, die Besen des Heidekrautes reichten mir bis zur Brust heran. Ich sah ein, daß der rechte Weg verloren war, aber wär' ich nur erst im Tale und bei dem Bache, dann ginge ich diesem entlang aufwärts und da müßte ich endlich doch zur Mühle und zu unserer Wiese kommen.

Schneeschollen fielen mir in das Rocksäcklein, Schnee legte sich an die Höschen und Strümpfe, und das Wasser rann mir in die Schuhe hinab. Zuerst war ich durch das Klettern über das Gefälle und das Winden durch das Gesträuche müde geworden, aber nun war auch die Müdigkeit verschwunden; ich achtete nicht den Schnee und ich achtete nicht das Gesträuche, das mir oft rauh über das Gesicht fuhr, sondern ich eilte weiter. Fiel ich zu Boden, so raffte ich mich schnell auf. Auch alle Gespensterfurcht war weg; ich dachte an nichts als an das Tal und an unser Haus. Ich wußte nicht, wie lange ich mich so durch die Wildnis fortwand, aber ich fühlte mich flink, die Angst trieb mich vorwärts.

Plötzlich stand ich vor einem Abgrund. In dem Abgrunde lag grauer Nebel, aus welchem einzelne Baumwipfel emportauchten. Um mich hatte sich der Wald gelichtet, über mir war es heiter und am Himmel stand der Halbmond. Mir gegenüber und weiter im Hintergrunde waren fremde, kegelförmige Berge.

Unten in der Tiefe mußte das Tal mit der Mühle sein; mir war, als hörte ich das Tosen des Baches, aber das war das Windrauschen in den jenseitigen Wäldern. Ich ging nach rechts und links und suchte einen Fußsteig, der mich abwärts führe, und ich fand eine Stelle, an welcher ich mich über Gerölle, das vom Schnee befreit dalag, und durch Wacholdergesträuche hinablassen zu können vermeinte. Das gelang mir auch eine Strecke, doch noch zu rechter Zeit hielt ich mich an eine Wurzel, fast wäre ich über eine senkrechte Wand gestürzt. Nun konnte ich nicht mehr vorwärts. Ich ließ mich aus Mattigkeit zu Boden. In der Tiefe lag der Nebel mit den schwarzen Baumwipfeln. Außer dem Rauschen des Windes in den Wäldern hörte ich nichts. Ich wußte nicht, wo ich war. – Wenn jetzt ein Reh käme, ich würde es fragen nach dem Weg, in der Christnacht reden ja Tiere menschliche Sprache!

Ich erhob mich, um wieder aufwärts zu klettern; ich machte das Gerölle locker und kam nicht vorwärts. Mich schmerzten Hände und Füße. Nun stand ich still und rief so laut ich konnte nach dem Großknecht. Meine Stimme fiel von den Wäldern und Wänden langgezogen und undeutlich zurück.

Dann hörte ich wieder nichts, als das Rauschen.

Der Frost schnitt mir in die Glieder.

Nochmals rief ich mit aller Macht den Namen des Großknechtes. Nichts, als der langgezogene Widerhall. Nun überkam mich eine große Angst. Ich rief schnell hintereinander meine Eltern, meine Ahne, alle Knechte und Mägde unseres Hauses. Dann begann ich kläglich zu weinen.

Mein Körper warf einen langen Schatten schräg abwärts über das Gestein. Ich ging an der Wand hin und her, ich betete zum heiligen Christkind, daß es mich erlöse.

Der Mond stand hoch am dunkeln Himmel.

Endlich konnte ich nicht mehr weinen und beten, auch mich kaum mehr bewegen, ich kauerte zitternd an einem Stein und dachte: Nun will ich schlafen, das ist alles nur ein Traum, und wenn ich erwache, bin ich daheim oder im Himmel.

Da hörte ich ein Knistern über mir im Wacholdergesträuche, und bald darauf fühlte ich, wie mich etwas berührte und emporhob. Ich wollte schreien, aber ich konnte nicht, die Stimme war wie eingefroren. Aus Angst hielt ich die Augen fest geschlossen. Auch Hände und Füße waren mir wie gelähmt, ich konnte sie nicht bewegen. Mir kam vor, als ob sich das ganze Gebirge mit mir wiegte. – –

Als ich zu mir kam und erwachte, war noch Nacht, aber ich hockte an der Tür meines Vaterhauses, und der Kettenhund bellte heftig. Eine Gestalt hatte mich auf den festgetretenen Schnee gleiten lassen, pochte dann mit dem Ellbogen gewaltig an die Tür und eilte davon. Ich hatte diese Gestalt erkannt – es war die Mooswaberl gewesen.

Die Tür ging auf und die Ahne stürzte mit den Worten auf mich zu: „Jesus Christus, da ist er ja!“

Sie trug mich in die warme Stube, aber von dieser schnell wieder zurück in das Vorhaus; dort setzte sie mich auf einen Trog, eilte dann hinaus vor die Tür und machte durchdringliche Pfiffe.

Sie war ganz allein zu Hause. Als der Großknecht von der Kirche zurückgekommen war und mich daheim nicht gefunden hatte, und als auch die anderen Leute kamen und ich bei keinem war, gingen sie alle hinab in den Wald und in das Tal, und jenseits hinauf zur Straße und nach allen Richtungen. Selbst die Mutter war mitgegangen und hatte überall, wo sie ging und stand, meinen Namen gerufen.

Nachdem die Ahne glaubte, daß es mir nicht mehr schädlich sein konnte, trug sie mich wieder in die warme Stube, und als sie mir die Schuhe und Strümpfe auszog, waren diese ganz zusammen- und fest an den Fuß gefroren. Hierauf eilte sie nochmals in das Freie und machte wieder ein paar Pfiffe, und brachte dann in einem Kübel Schnee herein und stellte mich mit bloßen Füßen in diesen Schnee. Als ich in dem Schnee stand, war in den Zehen ein so heftiger Schmerz, daß ich stöhnte, aber die Ahne sagte: „Das ist schon gut, wenn du Schmerz hast, dann sind die Füße nicht erfroren."

Bald darauf strahlte die Morgenröte durch das Fenster, und nun kamen nach und nach die Leute nach Hause, zuletzt aber der Vater, und zu allerletzt, als schon die rote Sonnenscheibe über der Wechselalpe aufging, und als die Ahne unzähligemal gepfiffen hatte, kam die Mutter. Sie ging an mein Bettlein, in welches ich gebracht worden war und an welchem der Vater saß. Sie war ganz heiser.

Sie sagte, daß ich nun schlafen solle, und verdeckte das Fenster mit einem Tuche, auf daß mir die Sonne nicht in das Gesicht scheine. Aber der Vater meinte, ich solle noch nicht schlafen, er wolle wissen, wie ich mich von dem Knechte entfernt, ohne daß er es merkte, und wo ich herumgelaufen sei. Ich erzählte, wie ich den Pfad verloren hatte, wie ich in die Wildnis kam, und als ich von dem Monde und von den schwarzen Wäldern und von dem Windrauschen und von dem Felsenabgrund erzählte, da sagte der Vater halblaut zu meiner Mutter: „Weib, sagen wir Gott Lob und Dank, daß er da ist, er ist auf der Trollwand gewesen!"

Nach diesen Worten gab mir die Mutter einen Kuß auf die Wange, wie sie nur selten tat, und dann hielt sie ihre Schürze vor das Gesicht und ging davon.

„Ja, du Donnersbub, und wie bist denn heimkommen?" fragte mich der Vater. Darauf meine Antwort, daß ich das nicht wisse, daß ich nach langem Schlafen und Wiegen auf einmal vor der Haustüre gewesen und daß die Mooswaberl neben mir gestanden sei. Der Vater fragte mich noch einmal über diesen Umstand, ich antwortete dasselbe.

Nun sagte der Vater, daß er in die Kirche zum Hochgottesdienst gehe, weil heute der Christtag sei, und daß ich schlafen solle.

Ich mußte darauf viele Stunden geschlafen haben, denn als ich erwachte, war draußen Dämmerung, und in der Stube war es fast finster. Neben meinem Bette saß die Ahne und nickte, von der Küche herein hörte ich das Prasseln des Herdfeuers.

Später, als die Leute beim Abendmahle saßen, war auch die Mooswaberl am Tisch.

Auf dem Kirchhofe, über dem Grabhügel ihres Mannes war sie während des Vormittagsgottesdienstes gekauert, da war nach dem Hochamte mein Vater zu ihr hingetreten und hatte sie mit in unser Haus genommen.

Über die nächtliche Begebenheit brachte man nicht mehr von ihr heraus, als daß sie im Walde das Christkind gesucht habe; dann ging sie einmal zu meinem Bette und sah mich an, und ich fürchtete mich vor ihren Blicken.

In dem hinteren Geschosse unseres Hauses war eine Kammer, in welcher nur altes, unbrauchbares Geräte und viel Spinnengewebe war.

Diese Kammer ließ mein Vater der Mooswaberl zur Wohnung, und stellte ihr einen Ofen und ein Bett und einen Tisch hinein.

Und sie blieb bei uns. Oft strich sie noch in den Wäldern umher und brachte Moos heim, dann ging sie wieder hinaus zur Kirche und saß auf dem Grabhügel ihres Mannes, von dem sie nicht mehr fortzuziehen vermochte in ihre ferne Gegend, in der sie wohl auch einsam und heimatlos gewesen wäre, wie überall. Über ihre Verhältnisse war nichts Näheres zu erfahren, wir vermuteten, daß das Weib einst glücklich gewesen sein müsse, und daß der Schmerz über den Verlust des Gatten ihr den Verstand geraubt habe.

Wir gewannen sie alle lieb, weil sie ruhig und mit allem zufrieden lebte und niemandem das geringste Leid zufügte. Nur der Kettenhund wollte sie immer noch nicht sichern, der bellte und zerrte überaus heftig an der Kette, so oft sie über den Anger ging. Aber das war anders von dem Tiere gemeint; als einmal die Kette riß, stürzte der Hund auf die Mooswaberl zu, sprang ihr winselnd an die Brust und leckte ihr die Wangen.

Als wir zur Schulprüfung geführt wurden

Der Holzbauernhof, in welchem der alte Michel Patterer die Alplschule eine Zeitlang gehalten hatte, lag dreitausendvierhundert Fuß über dem Meere, und so konnte der Mann, welcher sonst nichts weniger als ehrgeizig war, seinem

Institut die Bezeichnung „Hochschule“ mit gutem Fuge beilegen. Dieser Michel Patterer war früher ordentlicher Lehrer in Sankt Kathrein am Hauenstein gewesen; weil er es im Jahre 1848 ein wenig mit der neuen Mode hielt, – der alte besonnene Mann wird gewußt haben warum – so wurde er von der kirchlichen Behörde kurzerhand abgedankt und langen Fußes davongejagt. Der alte Mann kam nach Alpl, um sich durchzubetteln, allein die Alpler Bauern standen zusammen und sagten: „Bettler haben wir ohnehin zu viele, aber Schulmeister haben wir keinen, und dahier keinen gehabt seit die Welt steht. Machen wir ihn zum Schulmeister, unsere Kinder sollen Lesen und Schreiben lernen; nützt's nichts, so schadet's nichts.“

Der Michel blieb in Alpl und ging mit seinen Wissenschaften hausieren von Hof zu Hof. Je eine Woche lang wurde die Schule in einem und dem anderen der dreiundzwanzig Höfe abgehalten, wo die Kinder der Gemeinde in der Gesindestube zusammenkamen, sich um den großen Tisch setzten und lernten. Wenn die Bäuerin kam, um auf dem Tische ihren Strudelteig auseinanderzuziehen, oder das Gesinde, um Mittag zu essen, mußte freilich der Tisch geräumt werden. Die Kinder gingen hinaus, aßen ihr mitgebrachtes Stück Brot; der Schulmeister setzte sich zu den Knechten und Mägden und tat etwas, wozu damals nicht jeder Schulmeister das Talent hatte – er aß sich satt. Außer der Schulzeit machte er sich in dem betreffenden Hofe auch noch dadurch nützlich, daß er Streu hackte, Heu machen oder Dung führen half und dergleichen. Dabei hatte er stets die ruppige braune Lodenjacke am Leibe, die er vom Grabelbauer geschenkt erhalten, und den Seidenzylinder auf dem Kopf, den ihm der alte Dechant zu Birkfeld einmal verehrt hatte in früheren Tagen. Lachen und weinen muß ich, so oft ich des guten Michel Patterers gedenke; sein Schicksal ist seltsam, und sein Herz war so tapfer und geduldig! Er hatte niemanden mehr auf der Welt, als seine Schulkinder, denen er sein Bestes gab, und wenn er zur nächtlichen Stunde draußen in der Heuscheune lag, ein wenig fröstelnd vor Kälte und ein wenig schwitzend vor Sorge um sein nahes hilfloses Alter, da mag er sich wohl gedacht haben: Wie wunderlich geht's doch zu auf dieser Welt!

Eine längere Zeit war die Schule bei dem obenbesagten Holzbauer eingeheimt, und gerade aus jener Zeit habe ich die kleine Erinnerung, die hier erzählt werden soll.

Jahrelang hatte sich um unsere Alplschule niemand gekümmert, sie war weder anerkannt noch verboten, und da der Mann von der Gemeinde verköstigt wurde, so ging die Sache weiter eigentlich niemanden was an.

Vielleicht, doch! – da ist oben im Gebirge ein Mensch mit dem neumodischen Geiste, und der unterrichtet die Kinder! Da kann etwas Sauberes herauskommen! Wie steht's mit der Religion? Werden die Kinder wohl auch zur heiligen Beichte vorbereitet? Zur Kommunion, zur Firmung? – Das müßte man doch einmal näher besehen! – Und eines Tages hieß es: eine große Geistlichkeit kommt nach Alpl, und es wird strenge Prüfung sein!

Der alte Schulmeister sagte nichts dazu und es war ihm nicht anzumerken, ob er sich fürchte oder freue.

Indes schlief alles wieder ein, und die „große Geistlichkeit" kam nicht. Hingegen war im Frühherbste desselben Jahres etwas anderes. Als in der Krieglacher Ortsschule zum Schlusse des Schuljahres der Tag der Prüfung nahte, zu welchem stets auch der Dechant aus Spital erschien und andere Geistliche und Schulaufseher und Lehrer aus Nachbarspfarreien, kam unserem Michel vom Ortsschulrate der Befehl zu, er habe sich mit seinen Schulkindern am Tage der Prüfung im Schulhause zu Krieglach einzufinden. Und jetzt ging die Not an. Die Schule in Alpl war während der dringenden Feld- und Wiesenarbeiten geschlossen gewesen. Der alte Michel mußte nun von Haus zu Haus gehen, um die Kinder zusammenzusuchen und ihnen zu sagen, daß sie sich am nächsten Erchtag beim Holzbauer zu versammeln hätten, hübsch im Sonntagsgewande, fleißig gewaschen und mit gesträhltem Haar, wie als ob sie am Ostertage in die Kirche gingen. Und die Schulsachen mitnehmen. Wir Kinder wußten nicht recht, was das zu bedeuten habe und was das sei: eine Prüfung! Und unsere Eltern wußten es auch nicht. Aber sie meinten, es würde schon was Rechtes sein, sonst wäre vom Sonntagsgewand nicht die Rede. Nur ein alter Kleingütler, der auf den Häusern umherzuklettern pflegte, um den Bauern ihre Strohdächer auszuflicken, hatte über die absonderliche Sache seine Bedenken. – Eine Prüfung! Ob die kleinen Buben etwa schon tauglich wären zu Soldaten gegen die Franzosen! Man dürfe nicht trauen! Wer heutzutag einen kleinen Buben habe, der solle ihn verstecken! – Solcher Meinung waren die Bauern nicht, und der Heidenbauer sagte frischweg: „Wir von Alpl brauchen unsere Buben nicht zu verstecken, wir können sie schon aufzeigen."

Trotzdem gab es unter den Schulkindern etliche, denen das Ding mit der Prüfung nicht ganz geheuer vorkam. Aber an dem bestimmten Erchtage fanden wir uns fast vollzählig ein beim Holzbauer. Es dürften unser achtzehn bis zwanzig Kinder gewesen sein. Der Schulmeister hatte sich auf das allerbeste zusammengetan. Er hatte blank gewichste Stiefel, hatte ein schwarzes Gewand an, welches er von einem ehemaligen Kollegen, dem Lehrer in Ratten, ausgeborgt; sein mageres Gesicht war glatt rasiert, das dünne graue Haar glatt über den Scheitel zurückgekämmt. Am Halse stand sogar ein schneeweißer Hemdkragen hervor, ähnlich der Halsbinde eines Geistlichen, und als er nun auch den fast ganz glatt gebügelten Zylinder auf das Haupt setzte, da dachte ich mir: Mit unserem Schulmeister brauchen wir uns nicht zu schämen.

Wir hatten jedes zu Hause je nach Umständen unser Frühstück verzehrt, und nachdem der alte Michel das seine vielleicht nur aus der braunhornernen Dose genommen, machten wir uns auf den weiten Weg nach Krieglach. Unterwegs durch die Wälder gab der Schulmeister mehrere Verhaltensmaßregeln aus: die hohen Herren höflich grüßen, beim Namensrufe sogleich aufstehen (in der Alplschule blieben wir beim Ausgefragtwerden sitzen) auf die gestellten Fragen hübsch laut und deutlich antworten; wenn wir was geschenkt bekämen oder gar in Häusern zum Essen geladen würden, fein artig sein, und Schön' Dank sagen! und halt so weiter. Ob von den Prüfungsgegenständen selbst die Rede war, daran kann ich mich nicht erinnern; der Schulmeister schien der Sache sicher zu sein.

Das Wetter war trüb, nebelig, frostig; ohne eigentlich zu regnen, troff es von den Bäumen. Vor dem Orte Krieglach zum Sandbühelkreuz gekommen, wo im Tale das Dorf stattlich vor uns ausgebreitet lag, machten wir halt. Der alte Michel riß Sauerampferblätter ab, um einzelnen der Kinder damit die Schuhe zu reinigen, und auch wo es sonstwo und wie an uns auszubessern und fürsorglich zu schlichten gab, tat er's. Waren ja doch die allermeisten von uns, besonders die Dirndln, das erstemal in der weiten Welt und sahen einem äußerst ungewissen Schicksale entgegen. Enge aneinandergeschlossen marschierten wir hinter unserem Schulmeister drein durch das große Dorf und der Kirche zu, neben welcher das Schulhaus stand. Das war ein anderes Schulhaus, als wir deren in Alpl hatten, das stand mit seiner doppelten Fensterreihe da wie ein Schloß, und jedes Fenster war so groß, daß ein Reiter auf hohem Roß ganz bequem durch dasselbe aus- und einreiten hätte können. Wir durften aber nicht einmal bei der Tür hinein. Denn davor stand eine kleine alte Frau mit Brillen auf der Nase, diese schaute uns prüfend an und sagte, wenn wir die Kinder aus Alpl wären, so sollten wir uns in die Brennholzhütte hineinsetzen und warten, die Herren hätten eben die Dorfkinder in der Arbeit; wenn sie mit diesen fertig wären, würden wir schon gerufen werden. Als wir drin waren, schlug sie das Lattentor hinter uns zu, so daß es spielte, als wären wir eingesperrt.

Im Schoppen waren aufgeschichtete Scheiterstöße, darauf setzten wir uns und waren recht kleinlaut. Der alte Schulmeister war immer unter uns. Er sagte gar nichts, schnupfte aber sehr oft aus seiner Dose. Nach einer Stunde beiläufig, als unsere Beine schon steif und unsere Nasen schon blau geworden waren, hörten wir vom Hause her ein lebhaftes Getrampel, als ob ein Schock Ziegen über die Stiege liefe. Bald darauf stoben die freigewordenen Dorfkinder auseinander, und wir sahen, wie viele derselben schöne Sachen bei sich hatten, die sie betrachteten und einander zeigten. Da hatten sie Bildchen, rotgebundene Büchlein mit Goldschnitt und in Seidenmaschen gefaßte Silbermünzen. Unser Schulmeister sagte uns, daß solches die Prämien wären, womit die fleißigen Schüler bei der Prüfung beteilt würden. Er deutete nicht an, ob etwa auch uns derlei bevorstünde, für uns gewann aber die bevorstehende Prüfung nun ein anderes Ansehen. Wir wurden gerufen.

Ehrerbietig und leise schritten wir die Treppe hinauf und in das Zimmer hinein. Das war sehr groß und weiß und licht und hatte Bankreihen und roch nach Kindern. Und an der Wand stand eine Kanzel mit Bücherstößen. Und daneben am Schragen lehnte eine große schwarze Tafel, auf welcher noch die Kreideziffern einer Rechnung standen. Beim Anblicke der Zahlen ward mir sofort übel, denn so sehr ich die Buchstaben stets geliebt, so sehr habe ich die Ziffern von jeher gefürchtet. Wir setzten uns auf Befehl stolpernd in die Bänke und packten unsere Schulbücher und Schiefertafeln aus. Der alte Schulmeister war nahe an der Tür stehengeblieben, hatte unsere Ordnung gemustert und machte nun, als die Herren hereintreten, eine tiefe Verbeugung. Die Herren waren freilich danach. Da war ein schlanker ältlicher Priester in schwarzem Talar – der Pfarrer von Krieglach; dann ein junger, ebenfalls schlanker Geistlicher mit einem sehr ernsthaften Aloisiusgesichte, das war der Kaplan; hernach ein wohlbeleibter, rund- und rotgesichtiger Herr mit einer recht großen Glatze – das war der Dechant aus Spital am Semmering. Ferner noch mehrere Herren in schwarzem Gewande und mit dunkeln und roten Bärten und funkelnden Augengläsern. Sie musterten uns mit scharfen Blicken, und einer oder der andere zuckte wohl gar ein wenig die Achseln, gleichsam als bedauerte er, solche arme Hascherln so weit hergerufen zu haben für nichts und wieder nichts. Denn es waren gar kümmerliche Figürlein und gar einfältige Gesichtlein unter uns. Man könne sich's ja denken, flüsterte einer der Herren zu seinem Nachbar, wenn die Kinder aufwachsen wie die Tiere im Walde, und ein solcher Lehrer dazu! Man könne sich's denken!

Da war unter den würdigen Herren auch ein kleiner dicker Kumpan mit stets zwinkernden Äuglein und schmunzelnden Lippen. Er war, soviel ich weiß, ein Gerbermeister und „Schulvater"; er war gekommen, um bei der Prüfung auch sein Gewicht geltend zu machen. Dieser nun trat alsogleich vor, nahm einen Jungen der ersten Bank aufs Korn und fragte ihn: „Wieviel hat dein Vater Kinder?"

„Mein Vater hat sieben Kinder", antwortete der Kleine.

„Und wieviel hat dein Vater Finger?"

„Mein Vater hat zehn Finger."

„Falsch", rief der dicke „Schulvater", wenn dein Vater sieben Kinder hat, so hat er wahrscheinlich achtzig Finger."

Auf das gab's ein paar laute Lacher, der gefragte Schüler aber schaute verblüfft drein.

Der Fragesteller wandte sich zur zweiten Bank. „Jetzt will ich dem saubern Dirndel dort eine andere Aufgabe geben. Wenn auf einem Kirschbaum zehn Gimpel sitzen, und ich schieße einen herab, wie viele bleiben oben?"

Das Mädchen stand auf und antwortete: „So bleiben neun oben."

Zog der „Schulvater" ein sehr schlaues Lächeln und sagte: „Ich glaube, es wird gar keiner oben bleiben, denn die neun übrigen werden davonfliegen."

Jetzt trat der alte Michel ein paar Schritte aus seinem Hintergrund und, mit gefalteten Händen gegen den Fragesteller gewendet, sagte er sehr demütig: „Wenn ich recht schön bitten dürfte, die Kinder nicht verwirrt zu machen!"

„Ich meine, daß wir in der Schule sind", nahm nun der Dechant ernsthaft das Wort, „und weil wir gerade auch beim Rechnen sind, so will ich den dort, den Kleinen mit dem roten Brustfleck, fragen."

Der Kleine mit dem roten Brustfleck war ich.

„Paß nur einmal auf, mein Kind“, sagte der Dechant. „Ein Bauer hat einen Tagelöhner, dem er für den Tag sechsunddreißig Kreuzer Lohn gibt; wieviel Gulden Konventionsmünze wird er ihm für die Woche schuldig?“

„Wenn der Bauer“, begann ich abzuhaspeln, „dem Taglöhner sechsunddreißig Kreuzer gibt, so wird er ihm in der Woche schuldig – in der Woche schuldig – .“ Ich weiß es noch genau, wie mir in jenem Augenblicke zumute war. Als ob ich auf einer sehr hohen Leiter stünde, welche zu schaukeln beginnt. Der alte Michel ruft mir noch zu: „Halt dich fest!“ Aber ich sehe und taste keine Sprossen mehr, alles um mich wird blau und voll kreisender Sterne, ich stürze. – Als ich wieder zu mir kam, hörte ich nur, wie unser Schulmeister entschuldigend sagte: „Das ist halt von den Schwächeren einer.“

Ich setzte mich nieder.

An derselben Frage bissen sich noch ein paar andere die Zähne locker. Der eine antwortete, der Bauer würde dem Taglöhner für die Woche drei Gulden sechsunddreißig Kreuzer schuldig; der andere behauptete, der Lohn für die ganze Woche mache vier Gulden zwölf Kreuzer. Endlich stellte es sich heraus, daß beide recht hatten, nur daß letzterer von der Sonntagsruhe Umgang nahm. Diesen fragte daher der Pfarrer von Krieglach ziemlich scharf: „Wie lauten die zwei ersten der Kirchengebote?“

Rasch antwortete der Schüler: „Erstens, du sollst den Feiertag heiligen, zweitens, du sollst die heilige Messe mit gebührender Andacht hören.“

„Nun also! Da gibt's doch keinen Taglohn! – Jetzt möchte ich von deinem Hintermann hören, wieviel bei dem bethlehemitischen Kindermorde der König Herodes Mädchen töten ließ?“

Der Hintermann war wieder ich, aber diesmal kam er mir recht. „Mädchen gar keins“, war meine Antwort.

„Nun, wie kannst du mir das beweisen?“

„Ich kann's beweisen damit, daß der Herodes nur Knaben aufsuchen und töten ließ, weil er den kleinen Jesus umbringen wollte.“

„Ah, vortrefflich!“ riefen mehrere. Und der Pfarrer sagt gegen den alten Michel gewendet: „Das ist eine Antwort, die ich von Ihrer Schule nicht erwartet hätte.“

Der alte Mann verneigte sich und sagte: „Religion macht den Kindern die meiste Freude. Ich lasse halt Evangelium lesen und was sie von selber nicht verstehen, das erkläre ich ihnen durch Beispiele."

„Du, Schwarzäugige, dort unten", rief jetzt wieder der Dechant drein: „Wie oft soll der katholische Christ beichten?"

„Der katholische Christ soll jährlich wenigstens einmal beichten und zur österlichen Zeit das heiligste Sakrament des Altars empfangen."

Auf dem Gesichte des „Schulvaters" war die spöttische Miene gänzlich vergangen.

Nachdem in der Religion noch mehrere Fragen klipp und klar beantwortet worden waren, ließ der Pfarrer aus dem Lesebuche ein Stück biblischer Geschichte des Alten Testamentes laut lesen, jedem durch die Bank nur wenige Sätze. Das ging flott und die Herren schauten einander nur so an.

„Wieviel haben Sie in Ihrer Schule Klassen?" fragte der Dechant unseren Schulmeister.

„Eigentlich nur eine, oder gar keine", antwortete dieser. „Ich teile nicht ab. Wir arbeiten halt fort, bis sie lesen, schreiben und ein bißchen rechnen können."

Nun verlangte man, daß wir unsere Tafeln zum Schreiben bereit machten. Der Dechant gab folgendes Diktat: „Der Geist des Herrn wich von Saul und ließ einen bösen Geist über ihn kommen, der ihn plagte. Und Siehe, Saul erschlug Tausende und David Zehntausende, denn mit David war der Segen Jehovas."

Das Diktando war durchgehends fast fehlerlos, nur mir passierte anstatt des heiligen Namens Jehovas ein dummes „J. Hofers", was sie aber wieder damit entschuldigten, daß ich einer der Schwächsten sei. Die Schriften der übrigen waren so, daß die Herren untereinander sagten: „In der vierten Klasse einer Bürgerschule selbst wäre ein solches Resultat glänzend zu nennen!"

Unser alter Schulmeister stand immer gleich demütig in seinem Hintergrunde.

„Aha, die hat's doppelt!" sagte der Pfarrer plötzlich, als er die Schiefertafel eines Dirndels umgewendet hatte und dieselbe dem Dechanten hinhielt. Die kleine Eigentümerin stand auf und sagte: „Das andere gilt heute nicht, das ist noch von der Schul' her."

„Wollen einmal sehen, was ihr in eurer Schule für ein Diktando habt", sprach der Dechant und las laut die Schrift auf der Rückseite der Tafel: „Edel sei der

Mensch, hilfreich und gut, das allein unterscheidet ihn von anderen Geschöpfen."

Sie neigten die Köpfe und der Dechant murmelte: „Nicht übel! Nur schade, daß es vom alten Heiden ist."

Damit war die Prüfung beschlossen. Die Herren hatten sich zusammengestellt und sprachen leise miteinander. Der Pfarrer schüttelte die Achseln und machte mit den ausgebreiteten Händen eine Geste, die wir erst verstanden, als er sich zu uns wendete und sprach: „Liebe Kinder! Wir sind mit euch sehr zufrieden. Es sind euch auch Prämien vermeint, aber ihr müsset warten, wir haben heute schon alle ausgegeben, sie werden auch nachgeschickt werden. Fahrt nur so fort, lernet fleißig und vergesset die Gebote Gottes und die Gebote der heiligen Kirche nicht."

Und dann konnten wir gehen. Der alte Michel machte vor den Herren noch seine ehrerbietige Verneigung und ging mit uns. An der Tür soll ihm im Vorübergehen der „Schulvater" ins Ohr geraunt haben: „Die Prämiierten haben es nicht halb so gut gemacht!"

Hernach standen wir auf dem Kirchplatze noch ein bißchen so herum; endlich fand unser Schulmeister, daß es Zeit sei, den Heimweg anzutreten. Die Wohlhabenden gingen noch in den Bäckerladen um je eine Semmel, wir anderen erquickten uns unterwegs an frischen Quellen und stellten Mutmaßungen an, wann wir die Prämien nachgeschickt erhalten, und worin sie bestehen würden. Der alte Schulmeister nahm aus seiner Dose eine Prise um die andere und schwieg.

Auf die Prämien warten wir noch heute.

Weg nach Mariazell

Mein Vater hatte elf Saatfelder, die wir „Kornweiten" nannten und wovon wir alljährlich im Herbste ein neues für den Winterroggenbau umackerten, so daß binnen elf Jahren jeder Acker einmal an die Reihe kam. Ein solcher Jahresbau lieferte beiläufig dreißig Metzen Roggen; für die nächsten drei Jahre wurde dann das Feld für Hafersaat benützt und die sieben weiteren Jahre lag es brach, diente als Wiese oder Weide.

Unser vier – ich, mein Vater und die zwei Zugochsen – bestellten im Herbste das Roggenfeld. Hatten wir den Pflug, so führte mein Vater hinten die Pflug- und ich vorn die Ochsenhörner. Hatten wir die Egge mit ihren sechsunddreißig wühlenden Eisenzähnen, so leitete der Vater die Zugtiere und ich –

Ja, das war ein absonderlich Geschäft. Ich hockte mitten auf der Egge oben und ließ mich über den Acker hin und her vornehm spazieren fahren. Fuhr spazieren und verdiente dabei mein Brot. Der Acker hatte nämlich stellenweise so zähes und filziges Erdreich, daß die Egge nicht eingreifen wollte, sondern nur so ein wenig obenhin kratzte. Trotzdem durfte die Egge nicht zu schwer sein, schon um der Ochsen willen und auch nicht, weil an anderen Stellen doch wieder eine mürbe Erdschichte lag, in welcher tiefgehende Zähne mehr geschadet als genützt hätten.

So mußte denn stellenweise die Egge beschwert werden, und zwar durch ein lebendiges Gewicht, das zu rechter Zeit aufhocken und zu rechter Zeit abspringen konnte. Und dazu waren meine vierzig Pfunde mit den behendigen Füßlein gerade recht. Gefiel mir baß, wenn die Ochsen gut beim Zeug waren und die Egge hübsch emsig dahinkraute und auf und nieder wuppte, so daß mir der Vater zurief: „Halt' dich fest, Bub, sonst fliegst abi!"

Da hat sich eines Tages das große Glück zugetragen.

Es war morgens vorher mein zweiter Bruder geboren worden – ein Junge, daß es eine Freude war. Als wir hierauf das steile Schachenfeld umeggten, war mein Vater etwas übermütig und knallte stark mit der Peitsche. Fuhr- und Ackersleute, die keine Stimme haben zum Jauchzen oder Fluchen, lassen die Peitsche knattern und schmettern, daß es hinhallt in das Gebäume und zu anderen Menschen, die, wenn sie wollen und können, mitjauchzen oder mitfluchen mögen. Wir fuhren gerade an einem mit Büschen bewachsenen Steinhaufen vorüber, als meinem Vater – sicherlich des kleinen Jungen wegen – wieder die helle Lust aufschoß, die Peitsche schwang er und knallte eins herab. In demselben Augenblicke rauschte erschreckt eine ganze Familie von Haselhühnern aus dem Gebüsche auf – davor machten unsere Ochsen einen Sprung und schossen wild mit der Egge und mit mir, der darauf saß, quer über das steile Feld hinab. Mein Vater war beiseite geschleudert worden und konnte nun nachsehen, was mit seinem Gespann geschah. Die Rinder raseten dahin, die Egge hüpfte hoch empor und im nächsten Augenblicke war ich unter den Zähnen derselben und wurde hingeschleift.

Mein Vater soll die Augen zugemacht und sich gedacht haben: Jesses, kaum ist der Kleine da, ist der Große schon hin. – Dann schlug er die Hände zusammen und rief es zu den Wolken empor: „Unsere liebe Frau Mariazell!“

Mittlerweile waren Ochsen und Egge über den Feldrücken hinüber und nicht mehr zu sehen. Dort unten aber auf dem braunen Streifen, den das Fuhrwerk über den Acker hingezogen hatte, lag ein Häuflein und bewegte sich nicht.

Mein Vater lief hinzu und riß es von der Erde auf – da hob es auch schon ketzermäßig an zu schreien. Der ganze Bub voll Erde über und über; ein Ärmel des Linnenröckleins war in Fetzen gerissen, über die linke Wade hinab rann Blut – sonst nichts geschehen. Hinter dem Feldsattel standen unversehrt auch die Ochsen. Mich nahm mein Vater jetzt auf den Arm. Ich hätte zehnmal besser laufen können als er, aber er bildete sich ein, ich müsse getragen sein, aus Zärtlichkeit und Dankbarkeit, daß ich noch lebe und aus Angst, ich möchte mich etwa jetzt erst verletzen. Als ich hörte, daß ich eigentlich in Todesgefahr gewesen war und von Rechts wegen jetzt in Stücke zerrissen nach Hause getragen werden sollte, hub ich erst recht an zu zetern. – Und so kamen wir heim, und wenn die alte Grabentraudel nicht vor der Tür die Antrittsteine sauber kehrt – weil die Godel kommen soll – und sie uns solchergestalt nicht den Eingang zur Wöchnerin verwehrt, so geschieht erst jetzt das Unglück: die Mutter springt vor Schreck aus dem Bett, kriegt das Fieber und stirbt.

Auch das hat die liebe Frau Mariazell verhindern müssen und hat es durch ihre Fürbitte erwirkt, daß es der Grabentraudel eingefallen ist, es wäre draußen der Antrittstein nicht ganz sauber und die Godel könnte leichtlich daran ein Ärgernis nehmen.

Später hat das mein Vater alles erwogen und ist hierauf zum Entschluß gekommen, mit mir zur Danksagung eine Wallfahrt nach Mariazell zu machen.

Ich war glückselig, denn eine Kirchfahrt nach dem eine starke Tagreise von uns entfernten Wallfahrtsort war mein Verlangen gewesen, seit ich das erstemal die Zeller Bildchen im Gebetbuche meiner Mutter sah. Mariazell schien mir damals nicht allein als der Mittelpunkt aller Herrlichkeit der Erde, sondern auch als der Mittelpunkt des Gnadenreiches unserer lieben Frau. Und so oft wir nun nach jenem Gelöbnisse auf dem Felde oder im Walde arbeiteten, mußte mir mein Vater all das von Zell erzählen, was er wußte, und auch all das, was er nicht wußte. Und so entstand in mir eine Welt voll Sonnenglanz und goldener Zier, voll heiliger Bischöfe, Priester und Jungfrauen, voll musizierender Engel, und inmitten unter ewig lebendigen Rosen die Himmelskönigin Maria. Und diese Welt nannte ich – Mariazell; sie steht heute noch voll zauberhafter Dämmerung in einem Abgrunde meines Herzens.

Und eines Tages denn, es war am Tage des heiligen Michael, haben wir vormittags um zehn Uhr Feierabend gemacht.

Wir zogen die Sonntagskleider an und rieben unsere Füße mit Unschlitt ein. Der Vater aß, was uns die Mutter vorgesetzt – ich hatte den Magen voll Freude. Ich ging ruhelos in der Stube auf und ab, so sehr man mir riet, ich solle rasten, ich würde noch müde genug werden.

Endlich luden wir unsere Reisekost auf und gingen davon, nachdem wir versprochen hatten, für alle daheim, und für jedes insbesondere bei der „Zellermutter" zu beten.

Ich wüßte nicht, daß meine Füße den Erdboden berührt hätten, so wonnig war mir. Die Sonne hatte ihren Sonntagsschein, und es war doch mitten in der Woche. Mein Vater hatte einen Pilgerstock aus Haselholz, ich auch einen solchen; so wanderten wir aus unserem Alpl davon. Mein Vater trug außer den Nahrungsmitteln etwas in seinem rückwärtigen Rocksack, das, in graues Papier eingewickelt, ich ihn zu Hause einstecken gesehen hatte. Er war damit gar heimlich verfahren, aber jetzt beschwerte es den Säckel derart, daß dieser bei jedem Schritte dem guten Vater eins auf den Rücken versetzte. Ich konnte mir nicht denken, was das für ein Ding sein mochte.

Wir kamen ins schöne Tal der Mürz und in das große Dorf Krieglach, wo einige Tage zuvor mitten im Dorfe einige Häuser niedergebrannt waren. Ich hatte in meinem Leben noch keine Brandstätte gesehen. Ich schloß die Augen und ließ es noch einmal nach Herzenslust brennen, so daß mich mein Vater gar nicht von der Stelle brachte. Eine Frau sah uns zu und sagte endlich: „Mein, 's ist halt armselig mit so einem Kind – wenn es ein Hascherl ist."

Ich erschrak. Sie hatte mich gemeint und ich kannte die Ausdrucksweise der Leute gut genug, um zu verstehen, daß sie mich – wie ich so dastand mit offenem Mund und geschlossenen Augen – für ein Trottelchen hielt.

Ich war daher froh, als wir weiterkamen. Nun gingen wir schon fremde Wege. Hinter dem Orte Krieglach steht ein Kreuz mit einem Marienbilde und mit einer hölzernen Hand, auf welcher die Worte sind:

„Weg nach Mariazell."

Wir knieten vor dem Kreuze nieder, beteten ein Vaterunser um Schutz und Schirm für unsere Wanderschaft. „Das greift mich frei an“, sagte mein Vater plötzlich und richtete sein feuchtes Auge auf das Bild, „sie schaut soviel freundlich auf uns herab.“ Dann küßte er den Stamm des Kreuzes und ich tat's auch und dann gingen wir wieder.

Als wir in das Engtal der Veitsch einbogen, begann es schon zu dunkeln. Rechts hatten wir den Bergwald, links rauschte der Bach, und ich fühlte ein Grauen vor der Majestät und Heiligkeit dieses Zeller Weges. Wir kamen zu einem einschichtigen Wirtshaus, wie solche in den Wäldern der Räubergeschichten stehen – doch über der Tür war trotz der Dämmerung noch der Spruch zu lesen. „Herr, bleib' bei uns, denn es will Abend werden!“ – Aber wir gingen vorüber.

Endlich sahen wir vor uns im Tale mehrere Lichter. „Dort ist schon die Veitsch“, sagte mein Vater, aber wir gingen nicht so weit, sondern bogen links ab und den Bauernhäusern zu, bei welchen es in der Niederaigen heißt. Und wir schritten in eines dieser Häuser und mein Vater sagte zur Bäuerin:

„Gelobt sei Jesu Christi, und wir zwei täten halt von Herzen schön bitten um eine Nachtherberg'; mit einem Löffel warmer Suppen sind wir rechtschaffen zufrieden und schlafen täten wir schon auf dem Heu.“

Ich hatte gar nicht gewußt, daß mein Vater so schön betteln konnte. Aber ich hatte auch nicht gewußt, daß er auf Wallfahrtswegen nur ungern in ein Wirtshaus einkehrte, sondern sich Gott zur Ehr' freiwillig zum Bettelmann erniedrigte. Das war ein gutes Werk und schonte auch den Geldbeutel.

Die Leute behielten uns willig und luden uns zu Tische, daß wir aßen von allem, was sie selber hatten. Dann fragte uns der Bauer, ob wir Feuerzeug bei uns hätten, und als mein Vater versicherte, er wäre kein Raucher und er hätte sein Lebtag keine Pfeife im Munde gehabt, führten sie uns in den Stadl hinaus auf frisches Stroh.

Wir lagen gut und draußen rauschte das Wasser. Das mutete seltsam an, denn daheim auf dem Berge hörten wir kein Wasser rauschen.

„Im Gottesnamen“, seufzte mein Vater auf, „morgen um solch' Zeit sind wir in Mariazell.“ Dann war er eingeschlafen.

Am anderen Morgen, als wir aufstanden, leuchtete auf den Bergen schon die Sonne, aber im Schatten des Tales lag der Reif. Von der Veitscher Kirche nahmen wir eine stille Messe mit; und als wir durch das lange Engtal hineinwanderten, an Wiesen und Waldhängen, Sträuchern und Eschenbäumen hin, über Brücken und Stege, an Wegkreuzen und Bauernhäusern, Mühlen, Brettersägen und Zeugschmieden vorbei, trugen wir jeder den Hut und die Rosenkranzschnur in der Hand und beteten laut einen Psalter. Des schämte ich mich anfangs vor den Vorübergehenden, aber sie lachten uns nicht aus; an den Zeller Straßen ist's nichts Neues, daß laut betende Leute daherwandern. Mein Vater betete überhaupt gern mit mir; er wird gewiß immer sehr andächtig dabei gewesen sein, aber mir kamen im Gebete stets so verschiedene und absonderliche Gedanken, die mir sonst sicherlich nicht eingefallen wären. War ich im Beten, so kümmerte ich mich für alles, woran wir vorüberkamen, und wenn sonst schon gar nichts da war, so zählte ich die Zaunstecken oder die Wegplanken.

Heute gab mir vor allem das Ding zu sinnen, das mein Vater in seinem Sacke hatte und das im Rockschoß gerade so hin und her schlug, wie gestern. – Für einen Wecken ist's viel schwer. Für eine Wurst ist's viel groß. –

Ich war noch in meinen Erwägungen, da blieb mein Vater jählings stehen und das Gebet unterbrechend, rief er aus: „Du verhöllte Sau!"

Ich erschrak, denn das war meines Vaters Leibfluch. Er hatte sich ihn selbst erdichtet, weil die anderen ja alle sündhaft sind. „Jetzt kann ich schnurgerade zurückgehen auf die Niederaigen", sagte er.

„Habt Ihr denn was vergessen?"

„Das wär' mir ein sauberes Kirchfahrtengehen", fuhr er fort, „wenn man unterwegs die Leut' anluigt! – Hast es ja gehört, wie ich gestern erzählt hab', ich hätt' mein Lebtag keine Pfeifen im Maul g'habt. Jetzt beim Beten ist's mir eingefallen, wie ich dort den Holzapfelbaum seh', daß wir daheim auch einen alten Holzapfelbaum gehabt haben und daß ich unter dem Holzapfelbaum einmal 'glaubt hab', 's ist mein letztes End'. Totenübel ist mir gewesen, weil ich mit dem Riegelberger Peter das Tabakrauchen hab' wollen lernen. – Das ist mir gestern nicht eingefallen und so hab' ich unserm Herbergvater eine breite Lug' geschenkt und desweg will ich jetzt frei wieder zurückgehen und die Sach' in Richtigkeit bringen."

„Nein, zurückgehen tun wir nicht", sagte ich und in meinen Augen wird Wasser zu sehen gewesen sein.

„Ja", rief der Vater, „was wirst denn sagen, wenn du unsere liebe Frau bist und einer kommt weit her zu dir, daß er dich verehren möcht' und bringt dir eine großmächtige Lug' mit?!"

„Gar so groß wird sie wohl nicht sein", meinte ich und sann auf Mittel, das Gewissen meines Vaters zu beruhigen. Da fiel mir was ein und ich sagte folgendes: „Ihr habt erzählt, daß Ihr Euer Lebtag keine Pfeife im Mund gehabt hättet. Das kann ja wohl wahr sein. Ihr habt bloß das Rohr und von dem nur die Spitz' im Mund gehabt."

Darauf schwieg er eine Zeitlang und dann sagte er: „Du bist ein verdankt hinterlistiger Kampel. Aber verstehst, das Redenverdrehen laß ich dir nicht gelten, und auf dem Kirchfahrweg schon gar nicht. Ich hab's so gemeint, wie ich's gesagt hab', und der Bauer hat's so verstanden."

„So müsset es halt gleich beichten, wenn wir nach Zell kommen", riet ich und darauf ging er ein und wir zogen und beteten weiter.

Beim Rotwirt hielten wir an, mußten uns stärken. Wir hatten nun die Rotsohl zu übersteigen, den Sattel der Veitschalpe, die mit ihren Wänden schon lange auf uns hergestarrt hatte. Die Wirtin schlug die Hände zusammen, als sie den kleinwinzigen Wallfahrer vor sich sah und meinte, der Vater werde mich wohl müssen auf den Buckel fassen und über den Berg tragen, wenn ich nicht brav Wein trinke und Semmel esse.

Hinter dem Wirtshause zeigte eine Hand schnurgerade den steilen Berg hinan: „Weg nach Mariazell." Aber ein paar hundert Schritte weiter oben im Waldschachen stand ein Kruzifix mit der Inschrift: „Hundert Tage Ablaß, wer das Kruzifix mit Andacht küsset, und fünfhundert Tage vollkommenen Ablaß, wer Gelobt sei Jesus Christus sagt."

Auf der Stelle erwarben wir uns sechshundert Tage Ablaß.

Dann gingen wir weiter, durch Wald, über Blößen und Geschläge, bald auf steinigen Fahrwegen, bald auf glatten Fußsteigen, nach einer Stunde waren wir oben.

Wir setzten uns auf den weichen Rasen und blickten zurück in das Waldland, über die grünen Berge hin bis in die fernen blauen. Und zwischen den blauen heraus erkannte mein Vater jenen, auf welchem unser Haus stand. Dort ist die Mutter mit dem kleinen Brüderlein, dort sind sie alle, die uns nachdenken nach

Zell. Wie müssen die Leute jetzt klein sein, wenn schon der Berg so klein ist wie ein Ameisenhaufen! –

Es war die Mittagsstunde. Wir vermeinten vom Veitschtale herauf das Klingen der Glocke zu hören.

„Ja“, sagte dann mein Vater, „wenn man's betrachtet, die Leut' sind wohl recht klein gegen die große Welt. Aber schau, mein Bübel, wenn schon die Welt so groß und schön ist, wie muß es erst im Himmel sein?“

Wir erhoben uns und gingen den ebenen Weg, der hoch auf dem Berge dahinführt, und ich sah schaudernd zum schroffen Gewände der Veitsch empor, das drohend, als wollte es niederstürzen, auf uns herabstarrte. Endlich standen wir vor einem gemauerten Kreuze, in dessen vergitterter Nische ein lieber, guter Bekannter stand. Der heilige Nikolaus, der alljährlich zu seinem Namenstage mich mit Nüssen, Äpfeln und Lebzelten beschenkte, anstatt daß ich ihm es tat. Und von diesem Kreuze sahen wir auf die Zeller Seite hinab. Doch wir sahen noch lange nicht Zell; wohl aber ein so wildes, steinernes Gebirge, wie ich es früher meiner Tage nicht gesehen hatte. Ein Gebet beim Nikolo, und wir stiegen hinab in die fremde, schauerliche Gegend.

Wir kamen durch einen finsteren Wald, der so hoch und dicht war, daß kein Gräslein wuchs zwischen seinen Stämmen. Mein Vater erzählte mir Raub- und Mordgeschichten, welche sich hier zugetragen haben sollen, und ein paar Tafeln an den Bäumen bestätigten die Erzählungen. Ich war daher recht froh, als wir in das Tal kamen, wo wieder Wiesen und Felder lagen und an der Straße wieder Häuser standen.

Wir waren bald in der Wegscheide, wo sich zwei Wege teilen, der eine geht nach Seewiesen und den anderen weist eine Hand: „Weg nach Mariazell.“

„Wenn du nach Zell gehst, so wirst du die größte Kirche und die kleinste Kirche sehen“, sagte mein Vater, „die größte finden wir heut' auf den Abend, zur kleinsten kommen wir jetzt. Schau, dort unter der Steinwand ist schon das rote Türml.“

Das Wirtshaus war freilich viel größer als die Kirche; in demselben stärkten wir uns für den noch dreistündigen Marsch, der vor uns lag.

Dann kamen wir an der gezackten Felswand vorüber, die hoch oben auf dem Berge steht und „die Spieler“ genannt wird. Drei Männlein sitzen dort oben, die einst in der Christnacht hinaufgestiegen waren, um Karten zu spielen. Zur Strafe sind sie in Stein verwandelt worden und spielen heute noch.

Die Straße ist hin und hin bestanden mit Wegkreuzen und Marienbildern; wir verrichteten vor jedem unsere Andacht und dann schritten wir wieder vorwärts, wohl etwas schwerfälliger als gestern, und im Rockschoße meines Vaters schlug fort und fort das unbekannte Ding hin und her.

Neben uns rauschte ein großer Bach, der aus verschiedenen Schluchten, zwischen hohen Bergen herausgekommen war. Die Berge waren hier gar erschrecklich hoch und hatten auch Gemsen.

„Jetzt rinnt das Wasser noch mit uns hinaus", sagte mein Vater, „paß auf, wenn es *gegen* uns rinnt, nachher haben wir nicht mehr weit nach Zell."

Wir kamen nach Gußwerk. Das hatte wunderprächtige Häuser, die waren schön ausgemeißelt um Türen und Fenster herum, als ob sich die Steine schnitzen ließen, wie Lindenholz. – Und da waren ungeheure Schmieden, aus deren Innern viel Lärm und Feuerschein herausdrang. Wir eilten hastig vorbei und nur bei der damals neuen Kirche kehrten wir zu. Das war wunderlich mit dieser Kirche – nur ein einzig Christusbild war drin, und sonst gar nichts, nicht einmal unsere liebe Frau. Und so nahe bei Mariazell! Die Lutherischen sollen es gerade so haben. – Wir gingen bald davon.

Und als wir hinter das letzte Hammerwerk hinaus waren und sich die Waldschlucht engte, daß kaum Straße und Wasser nebeneinander laufen konnten – siehe, da war das Wasser so klar und still, daß man in der Tiefe die braunen Kieselsteine sah und die Forellen – und das Wasser rann gegen uns.

„Jetzt, mein Bübel, jetzt werden wir bald beim Urlaubkreuz sein", sagte der Vater, „bei demselben siehst du den zellerischen Turm."

Wir beschleunigten unsere Schritte. Wir sahen die Kapelle, die gerade vor uns auf dem Berge stand und die Sigmundskirche heißt. Da oben hat vor lange ein Einsiedler gelebt, der sich nicht für würdig gehalten, bei der Mutter Gottes in Zell zu sein, und der doch ihr heiliges Haus hat sehen wollen jede Stund'. Ein Vöglein hätte ich mögen sein, daß ich hätte hinauffliegen können zum Kirchlein und von dort aus Zell etliche Minuten früher schauen, als von der Straße.

An der Wegbiegung sah ich an einem Baumstamm ein Heiligenbild.

„Ist das schon das Urlaubkreuz?"

„Das kleine“, sagte mein Vater, „das ist erst zum Urlaubkreuz das Urlaubkreuz. Schau, dort steht es.“

Auf einem roten Pfahl ragte ein roter Kasten, der hatte ein grünangestrichenes Eisengitter, hinter welchem ein Bildnis war. Wir eilten ihm zu; ich hätte laufen mögen, aber mein Vater war ernsthaft. Als wir vor dem roten Bildstock standen, zog er seinen Hut vom Kopfe, sah aber nicht auf das Bild, sondern in das neu hervorgetretene Tal hin und sagte mit halblauter Stimme: „Gott grüß' dich, Maria!“

Ich folgte seinem Auge und sah nun durch die Talenge her und durch die Scharte der Bäume eine schwarzglänzende Nadel aufragen, an welcher kleine Zacken und ein goldener Knauf funkelten.

„Das ist der zellerische Turm.“

Mit stiller Ehrfurcht haben wir hingeschaut. Dann gingen wir wieder – ein paar Schritte vorgetreten und wir haben den Turm nicht mehr gesehen. Wir sollten ja bald an seinem Fuße sein...

Noch eine Wegbiegung und wir waren im „Alten Markt“ und hinter diesen Häusern stiegen wir die letzte Höhe hinan und hatten auf einmal den großen Marktflecken vor uns liegen, und inmitten, hoch über alles ragend und von der abendlichen Sonne beschienen, die Wallfahrtskirche.

Die Stimmung, welche zu jener Stunde in meiner Kindesseele lag, könnte ich nicht schildern. So wie mir damals, muß den Auserwählten zumute sein, wenn sie eingehen in den Himmel.

Wir taten, wie alle anderen auch – auf den Knien rutschten wir in die weite Kirche und hin zum lichterreichen Gnadenbilde, und ich wunderte mich nur darüber, daß der Mensch auf den Knien so gut gehen kann, ohne daß er es gelernt hat.

Wir besahen an demselben Abende noch die Kirche und auch die Schatzkammer. An den gold- und silberstrotzenden Schreinen hatte ich lange nicht die Freude, wie an den unzähligen Opferbildern, welche draußen in den langen Gängen hingen. Da gab es Feuersbrünste, Überschwemmungen, Blitzschläge, Türkenmetzeleien, daß es ein Schreck war. Es ist kaum eine Not, ein menschliches Unglück denkbar, das in diesen Dank- und Denkbildern nicht zur Darstellung gekommen wäre. Wer hat diesen Volksbildersälen je eine nähere Betrachtung gewidmet?

Wir stiegen auch auf den Turm; das war unerhört weit hinauf zwischen den finsteren Mauern, wie oft mocht der Rockschoß meines Vaters hin und her geschlagen haben, bis wir da oben waren! Und endlich standen wir in einer großen Stube, in welcher zwischen schweren Holzgerüsten riesige Glocken hingen. Ich ging zu einem Fenster und blickte hinaus – was war das für ein Ungeheuer? Die Kuppel eines der Nebentürme hatte ich vor Augen. Und du heiliger Josef! wo waren die Hausdächer? Die lagen unten auf dem Erdboden. – Dort auf dem weißen Streifen krabbelte eine Kreuzschar heran. Als der Türmer dieselbe gewahrte, hub er und noch ein zweiter an, den Riemen einer Glocke zu ziehen. Diese kam langsam in Bewegung, der Schwengel desgleichen und als derselbe den Reifen berührte, da gab es einen so schmetternden Schall, daß ich meinte, mein Kopf springe mitten auseinander. Ich verbarg mich wimmernd unter meinen Vater hinein, der war so gut und hielt mir die Ohren zu, bis die Kreuzschar einzog und das Läuten zu Ende war. Nun sah ich, wie die beiden Männer vergebens an den Riemen zurückhielten, um die Glocke zum Stillstand zu bringen; hilfsbereit sprang ich herbei, um solches auch an einem dritten niederschlängelnden Riemen zu tun – da wurde ich schier bis zu dem Gebälke emporgerissen.

„Festhalten, festhalten!" rief mir der Türmer zu. Und endlich, als die Glocke in Ruhe und ich wieder auf dem Boden war, sagte er: „Kleiner, kannst wohl von Glück sagen, daß du nicht beim Fenster hinausgeflogen bist!"

„Ja", meinte mein Vater, „kunnt denn da in der Zellerkirchen auch ein Unglück sein?"

Abends waren wir noch spät in der Kirche; und selbst als sich die meisten Wallfahrer schon verloren hatten und es auch an dem Gnadenaltare dunkel war bis auf die drei ewigen Lampen, wollte mein Vater nicht weichen. Gar seltsam aber war's, wie er sich endlich von seinen Knien erhob und in die Gnadenkapelle hineinschlich. Dort griff er in seine Rocktasche, langte den von mir unerforschten Gegenstand hervor, wickelte das graue Papier ab und legte ihn mit zitternder Hand auf den Altar.

Jetzt sah ich, was es war – ein Eisenzahn von unserer Egge war es. –

Und am anderen Tage gegen Abend, als wir meinten, unsere Kirchfahrt so verrichtet zu haben, daß Maria und unser Gewissen zufrieden sein konnten, gingen wir wieder davon. Beim Urlaubkreuz blickten wir noch einmal zurück auf die schwarze, funkelnde Nadel, die zwischen zwei Bäumen hervorglänzte.

„Behüt' dich Gott, Mariazell“, sagte mein Vater, „und wenn Gottes Willen, so möchten wir noch einmal kommen, ehvor wir sterben.“ –

Dann gingen wir bis Wegscheid', dort hielten wir nächtliche Rast. Und am nächsten Tage überstiegen wir wieder den Berg und durchwanderten das Veitschtal. Als wir zu den Bauernhäusern der Niederaigen kamen, sprach mein Vater dort zu, wo wir auf dem Vorweg zur Nacht geschlafen hatten, machte das Einbekenntnis wegen der Pfeife und überreichte der Bäuerin ein schön bemaltes Bildchen von Mariazell.

Als wir am Abende desselben Tages heimgekommen waren und uns zur Suppe gesetzt hatten, soll ich, den Löffel in der Hand, eingeschlafen sein.

Als ich den Himmlischen Altäre gebaut

Wenn wir Kinder die Woche über brav gewesen waren, so durften wir am Sonntag mit den erwachsenen Leuten mitgehen in die Kirche. Wenn wir aber beim lieben Vieh daheim benötigt wurden, oder wenn kein Sonntagsjöppel oder kein guter Schuh vorhanden, so durften wir nicht in die Kirche gehen, auch wenn wir brav gewesen waren. Denn die Schafe und die Rinder bedurften unser wesentlich notwendiger als der liebe Gott, der nachgerade einmal Post schicken ließ: Leute, seid auf die Tiere gut, das ist mir so lieb wie ein Gottesdienst.

Wir blieben jedoch nur unter der Bedingung zu Hause: „wenn wir einen Altar aufrichten dürfen“. Gewöhnlich wurde uns das erlaubt, und zu hohen Festtagen stellte der Vater das Wachslicht dazu bei. Hatten wir unsere häuslichen Beschäftigungen vollbracht, etwa um neun Uhr vormittags, während in der Kirche das Hochamt war, begann in unserem Waldhause folgendes zu geschehen. Die Haushüterin, war es nun die Mutter oder eine Magd, hub an, am Herde mit Mehl und Schmalz zu schaffen; der Haushüter, war es nun der Vater oder ein Knecht, holte von der Wand „die Beten“ (den Rosenkranz) herab, vom Wandkastel den Wachsstock heraus, aus der Truhe das Gebetbuch hervor; und der kleine Halterbub, war es nun mein Bruder Jackerl oder ich, huben an, die Heiligtümer des Hauses zusammenzuschleppen auf den Tisch. Von der Kirche waren wir weit, keinen Glockenklang hörten wir jahraus und jahrein; also mußten wir uns selber ein Gotteshaus bauen und einen Altar. Das geschah zuhalb aus kindlichem Spielhange und zuhalb aus kindlicher Christgläubigkeit. Und wir – mein Bruder Jackerl oder ich, oder beide zusammen – machten es so:

Wir schleppten das alte Leben-Christ-Buch herbei, das Heiligen-Legenden-Buch, die vorfindlichen Gebetbücher, unsere Schulbücher, das Vieharzneibuch und jegliches Papier, das steif gebunden war. Solches gab das Baumaterial. Die Bücher stellten wir auf dem Tische so, daß sie mit dem Längenschnitt auf der Platte standen und ihre Rücken gegen Himmel reckten; wir bildeten daraus ein zusammenhängendes Halbrund, gleichwie der Raum des Presbyteriums. An die Wände dieses Halbrundes lehnten wir hierauf die papierenen buntbemalten Heiligenbildchen, welche in den Büchern zwischen den Blättern aufbewahrt gewesen, zumeist von Verwandten, Patenleuten, Wallfahrten als Angedenken stammten und verschiedene Heilige darstellten. Die Heiligen Florian und Sebastian kamen in der Regel ganz vorne zu stehen, denn der eine war gegen das Feuer, und der andere gegen das Wasser, also gegen die zwei wilden Schrecken, die den Menschen alleweil auf kürzestem Wege den Himmlischen zujagen. An Namenstagen von uns, oder an sonstigen Heiligenfesten erweisen wir aber dem betreffenden Heiligen die Ehre, im Bildchen ganz vorne stehen zu dürfen. Am Osterfeste, am Christtage fand sich bildlich wohl ein Osterlamm mit der Fahne, oder ein holdes Kindlein auf dem Heu. Letzteres wollte einmal am Christfeste mein Bruder nicht anerkennen, weil kein Ochs und kein Esel dabei sei, worauf der alte Knecht sich ganz ruhig zu uns wandte und sprach: „Die müsset halt ihr zwei sein!“

Waren nun die aus Büchern geformten Wände mit solchen Bildlein geschmückt, so kam vom eigentlichen Hausaltare hoch oben in der Wandecke das Kruzifix herab und wurde mitten in das Halbrund gestellt. Das Christikreuz!

Das war der eigentliche Mittelpunkt unseres Heiligtums. Vor dem Kruzifix kam hernach der Wachsstock zu stehen und wir zündeten ihn an. Nicht zu sagen, welche Feierlichkeit, wenn nun das Kreuz und die Heiligenbilder rötlich beleuchtet wurden, denn so ein geweihtes Wachslicht gibt einen ganz anderen Schein, als die klebrige Talgkerze oder der harzige Brennspan, oder gar im Wasserglase das Öllichtlein, „welches bei der Nacht nur so viel scheint, daß man die Finsternis sieht“. Die Sonne, welche draußen leuchtete, wurde abgesperrt, indem wir die Fenster verhüllten mit blauen Sacktüchern, wir wollten den heiligen Schein ganz allein haben in unserem Tempelchen. Wenn nun gar erst Allerseelen war und ein Bildchen mit den armen Seelen im Fegefeuer vor dem Kreuze lag, da gab's eine Stimmung, die zur Andacht zwang. Knieten wir dann um den Tisch herum, so daß unsere Knie auf den Sitzbänken, unsere Ellbögen auf der Platte sich stützten, und beteten laut jene lange Reihe von Vaterunsern und Avemarias mit Ausrufung der „Geheimnisse“ aus dem Leben des Herrn, welche der Rosenkranz, oder auch der Psalter genannt wird. Ich wendete während des ganzen Gebetes keinen Blick von den bildlichen Darstellungen. Natürlich sah ich nicht das Papier und nicht die Farben, ich sah die Heiligen leibhaftig, sie waren mir in der Tat anwesend, sie hörten freundlich auf unser Gebet, sie ließen uns hoffen auf ihren Schutz und Beistand in Tagen der Not und Gefahr, sie nahmen gütig die Liebe unserer Herzen an, und also schlossen wir mit ihnen vorweg schon Bekanntschaft für die ewige Gemeinsamkeit im Himmel, der wir ja entgegenstrebten. –

War hernach die Andacht zu Ende, so losch der Knecht die Kerze aus und wir hüpften aufs Fletz hinab; bald krochen wir freilich wieder auf den Tisch, um gemächlich den Tempel zu zerstören und seine Teile wieder an Ort und Stelle zu bringen, woher wir sie genommen, denn der Tisch sollte nun Schauplatz anderer Ereignisse werden. In der Küche war aus Mehl und Schmalz eine Pfanne voll Sterz geworden, und diese kam herein, um unsere sonntägige Andacht zu krönen. So war's der Brauch am Sonntag Vormittage von der neunten bis zur zehnten Stunde, während die anderen in der Kirche saßen oder vor derselben sich für das Wirtshaus vorbereiteten. – Solches waren freilich freundlichere Wandlungen des Tischaltares, als es jene gewesen im Hause des Waldpeter. Hatten die aufsichtslosen Kinder in der Christnacht auf dem Tische aus Büchern und Papierbildchen einen Tempel gebaut, denselben mit einem nach unten halboffenen Buche eingedeckt und eine brennende Kerze in das Heiligtum gestellt. Noch zu rechter Zeit kam der Waldpeter herbei, um die auf dem Tische entstandene Feuersbrunst zu löschen. Darauf soll es keinen Sterz gegeben haben, sondern Fische.

Noch erinnere ich mich an einen besonderen Tag. Ein gewöhnlicher Wochentag war's im Winter; ich beschäftigte mich in der dunkeln Futterscheune, um mit einem Eisenhaken, dem Heuraffel, Heu aus dem festgetretenen Stoße zu reißen und in die Ställe zu tragen. Da fiel es mir plötzlich ein, ich müsse diese Arbeit bleiben lassen, in die Stube gehen und auf dem Tische einen Altar bauen. Die Mutter war mit meinem jüngsten kranken Schwesterchen beschäftigt, kümmerte sich also nicht um mich und ich stellte aus Büchern und Bildchen den gewohnten Tempel auf, als sollten die Leute nun zusammenkommen wie am Sonntage und beten. Wie ich hernach das hölzerne Kruzifix hineinstellen wollte, tat ich es nicht, sondern ging durch die Stube zu einer Sitzbank hin, über welche ich das Kreuz mit einem Schnürchen an die

Wand hing. Und da war es, als ob auch die anderen ähnliche Gedanken hätten mitten im Werktage; der Vater wurde ins Haus gerufen, er holte aus dem Schrank den Wachsstock hervor, zündete ihn an, doch anstatt ihn an meinen Altar zu stellen, ging er damit ans Bettlein, wo das zweijährige Trauderl lag; sie begannen halblaut zu beten und die Mutter netzte mit Essig die Stirn des Schwesterleins. – Plötzlich hielten sie im Gebete ein, da war es still, so grauenhaft still, wie es bisher nie gewesen auf der Welt. Dann hub die Mutter an zu schluchzen, erst leise, hernach heftiger, bis sie, in ein lautes Weinen ausbrechend, sich über das Köpfchen des Kindes niederbeugte und es herzte und küßte. Das Schwesterlein aber tat nichts desgleichen, die hageren Händchen auf der Decke ausgestreckt, im Gesichte kalkweiß, mit halbgeöffneten Augen lag es da; die flachszarten Locken gingen nach rückwärts und waren noch feucht von dem Essig.

Der Vater trat zu uns übrigen Kindern und sagte leise: „Jetzt hat uns die Trauderl halt schon verlassen."

„Sie ist ja da!" rief der Bruder Jackerl und streckte seinen Finger aus gegen das Bett.

„Ihre unschuldige Seel' hat der liebe Herrgott zu sich genommen, sie ist schon bei den Engelein."

Wer von uns es nicht wußte, der ahnte nun, unsere kleine Schwester war gestorben.

Wir huben an zu weinen, aber nicht so sehr, weil das Schwesterlein gestorben war, sondern weil die Mutter weinte. In meinem Leben hat mich nichts so sehr ans Herz gestoßen, als wenn ich meine Mutter weinen sah. Das geschah freilich selten, heute vermute ich, daß sie viel öfter geweint hat, als wir es sahen...

Nun kamen die Knechte und Mägde herein, standen um das Bettlein herum und sagten mit flüsternden Stimmen Liebes und Gutes von dem Kinde. Der Vater kniete zum Tische, wo – siehe da! – der Altar aufgerichtet stand, und begann laut zu beten; er rief das Kreuz und Leiden des Heilandes an, seine heiligen Wunden, seine Todespein und seine Auferstehung. Er sagte den Spruch vom Jüngsten Tage, wie auf des Engels Posaunenschall die Toten aus den Gräbern steigen werden. Ich sah alles vor mir. – Dunkel war's und dämmernd wie im Morgenrote; der Himmel war verhüllt mit Wolken, die einen roten Schein hatten, wie Rauch über dem Feuer. Aus allen Gründen – so weit das Auge reichte – stiegen Menschen aus der Scholle empor. Ich selbst sah mich hervorgehen aus dem

Sarge, neben mir die Mutter, den Vater in langen weißen Gewändern, und aus einem Hügel, der mit Rosen bedeckt war, kroch – schier schalkhaft lugend mit hellen Äuglein – das Trauderl und hüpfte zu uns heran...

Während wir beteten, senkte die Nachbarin Katharina das Leichlein in ein Bad, bekleidete es dann mit weißem Hemde und legte es auf ein hartes Bett, auf die Bank zur Bahre. Mit steifer Leinwand ward es zugedeckt; an sein Haupt stellten sie den Wachsstock mit dem Lichte und ein Weihwassergefäß mit dem Tannenzweig. Vom Altare nahmen sie die Heiligenbildchen, um solche als letzte Gabe der kleinen Trauderl an die Brust zu legen. Der Vater hub an, das Kruzifix zu suchen, um es zu Häupten der Bahre hinzustellen, er fand es nicht, bis die Nachbarin Katharina sah, daß es schon an der Wand hing, gerade über dem Leichlein.

Also ist es gewesen, daß eine Stunde vor dem Sterben des Schwesterleins mir Ahnungslosem eine unsichtbare Macht die Weisung gab: gehe in die Stube, denn sie werden bald alle hineingehen; baue den Altar, denn sie werden beten; hänge das Kreuz an die Wand, denn es wird dort ein totes Menschenkind hingelegt werden.

Wir gingen hin und schauten die Trauderl an. Es ist nicht zu beschreiben, wie lieblich sie anzuschauen war, und wie süß sie schlief. Und da dachte ich daran, wie sie noch wenige Tage früher voll schallender Freude, glühend am Wänglein und glühend im Äuglein, mit uns Versteckens gespielt. Sie versteckte sich immer hinter dem Ofen, verriet sich aber allemal selbst, noch bevor wir an sie herankamen, durch ein helles Lachen.

Bald kamen die Nachbarsleute, sie knieten nieder vor der Bahre und beteten still. Im ganzen Hause war eine große Feierlichkeit und ich – der ich so umherstand und zusah – empfand etwas wie Stolz darüber, daß ich eine Schwester hatte, die gestorben war und solches Aufsehen und solche Weihe brachte.

Nach zwei Tagen am frühen Morgen, da es noch dunkel war, haben sie in einem weißen Trühlein die Trauderl davongetragen. Wir Geschwister konnten sie nicht begleiten, denn wir hatten keine Winterschuhe für den weiten Weg nach dem Pfarrdorfe. Wir blieben daheim. Und als alle laut betend davongezogen waren und das von dem Hause hinwegschwankende Laternlicht noch seinen zuckenden Schein warf durch die Fenster in die Stube herein, stand ich (meine Geschwister schliefen noch ruhsam in ihrer Kammer) eine Weile vor der Bank und schaute auf die Stelle hin, wo das weiße Gestaltlein geruht hatte. Das Weihwassergefäß war noch da, und beim Morgenrot, das matt auf die Wand fiel, sah ich dort das Kreuz hängen mit dem sterbenden Christus, der nun mein einziger Genosse war in der stillen Stube.

Ich nahm ihn von der Wand und begann ihn auszufragen, was die Seele der Trauderl denn wohl mache im himmlischen Reich. – Es ist keine Antwort auf Erden. Ich stellte das Kruzifix wieder auf den Hausaltar, der hoch im Wandwinkel war, und dort stand es in heiliger Ruh', es mochte Kummer sein in der Stube oder Freude, beides war oft und manchmal im raschen Wechsel, wie es schon geht auf dieser Welt.

Nach Jahren, als eines Tages meine ältere Schwester mit niedergeschlagenen Augen in der Stube umging, angetan mit rosenfarbigem Kleide und dem grünen Rosmarinstamm im braunen Haar, und ein schöner junger Mensch unfern von ihr stand, sie heimlich anblickend in Glückseligkeit, hob ich meinen lieben Christus wieder einmal auf den Tisch herab, ob er vielleicht zusehen wolle, was da war und werden sollte.

Da traten die zwei jungen Leute vor den Tisch hin, nahmen sich an der rechten Hand und sagten ganz leise – aber wir hörten es doch alle – „wir wollen treu zusammen leben, bis der Tod uns scheidet."

Auf meinem Lebenswege bin ich schon an vielen Altären vorübergewandelt. An Altären der Liebe und des Hasses, an Altären des Mammons und des Ruhmes – ich habe jedem geopfert. Aber mein Herz, mein ganzes Herz habe ich nur an jenem einen Altar niedergelegt, der einst in der armen Stube des Waldhauses gestanden. Und wenn ich weltmüde dereinstmalen die Himmelstür suche, wo kann sie zu finden sein, als in dem dämmernden Wandwinkel über dem Tische, wo das kleine hölzerne Kruzifix gestanden. Kreuze habe ich gesehen aus Gold und an Ehren reich, Kreuze aus Elfenbein, geschmückt mit Diamanten, Kreuze, an welchen Weihe und Ablaß hing – bei keinem habe ich je Gnade gefunden. Das arme Kreuz in meinem Vaterhause wird mich erlösen.

Als ich Schullehrer gewesen

Ob es wahr sei, daß ich einmal Schullehrer gewesen? wurde ich schon brieflich gefragt. Denn in irgendeiner Gesellschaft des Reiches hatte man sich mit meiner

Wenigkeit für und wider befaßt und da hätte jemand die von den übrigen bestrittene Behauptung aufgestellt, der Waldbauernbub sei einmal Schulmeister gewesen.

Ob das richtig sei?

Soviel ich weiß, nein.

Das heißt –. Ganz kann ich es nicht ableugnen, und bei näherer Gewissensforschung komme ich drauf, daß jener Jemand recht hatte. Ich war doch einmal Schulmeister gewesen, und was für einer!

Als im Jahre 1857 der alte Michel Patterer verstorben war, drohte in Alpl die Kunst des ABC wieder verlorenzugehen, so wie den Deutschen einst die Glasmalerei und die Kunst, Knödel zu braten, verlorengegangen war. Das mußte vermieden werden. Ich fühlte mich als Hüter der Wissenschaft und hatte Lust, in die Ehren und Würden des alten Lehrers zu treten, erstens, um der schweren Feldarbeit zu entgehen, zweitens, um – Spielgenossen bei mir zu versammeln. Es war, wie man sieht, ein mehrfach begründetes Streben.

Meine Eltern waren unschwer zu überzeugen, daß es auch den jüngeren ihres Stammes – Mädlein wie Knaben – vorteilhaft sein würde, wenn sie christliche Bücher, Zuschriften des Amtmannes und die Papierflügeln auf den Medizinflaschen lesen konnten. Täglich auf zwei Stunden wurden mir meine Geschwister freigegeben, daß ich sie im Lesen, Schreiben und Rechnen unterwiese. Der Leuttisch in der Stube war zur Zeit von Nähterinnen besetzt. So richtete ich mir als Schulzimmer den Stubenwinkel ein, der zwischen dem breiten Elternbette und dem Ofen war. Ein Brett von der Bettstatt bis zur Ofenbank war der Tisch. Zu beiden Seiten einige Holzblöcke waren die Stühle. Das abgebrochene Stück einer Kastenleiste war das Lineal, eine Fibel und eine Schiefertafel sollten von Hand zu Hand gehen, und sonst bedurfte man nichts. Alles übrige mußte sich im Kopfe vorfinden. Meine Schuljugend befriedigte mich aber nicht recht. Der Bruder Jakob bestritt mir die Namen einzelner Buchstaben, und die Schwestern waren dumme Dinger, die immer lachten.

Ich sann nach, wieso beim alten Patterer eine größere Ordnung war. Natürlich, weil er mehr Schüler hatte. – So ging ich in die Nachbarschaft und warb Schüler. Ich täte es ganz umsonst, ja, wenn meine Mutter Topfenstritzel backe, so bekämen sie auch davon.

Einige Nachbarn hatten mir sofort ihre Kinder probeweise zugesagt. Der alte Höfelzenz, er saß immer auf dem Herd seines Hauses, der nahm mich zwischen die Knie, faßte mich an beiden Ohren an, aber ganz leicht, und fragte nach meinem Alter.

„Dreizehn vorbei!"

„Sappermosthosen! – Na, die Altersschwäche wird noch nicht plagen. Sag', Peterl, was willst du denn werden?"

Glotze ich ihm ins Runzelgesicht. Werden? Ich *war's* ja schon.

„Schulmeister, natürlich!"

„Ah ja so. Richtig, richtig, Schulmeister."

„Auweh!" schrie ich auf, denn er war mir auf die Zehe getreten.

„W-a-s?!" fragte er ellenlang gedehnt. „Du schreist auweh, wenn dir einer mit den Tuchpatschen ein bissel auf die Zehen tritt. Und willst Schulmeister werden? Oh, mein kleiner Mensch, auf einem Schulmeister wird noch ganz anders herumgetreten!"

Dieser törichten Rede legte ich kein Gewicht bei. Wer wird denn auf einem Schulmeister herumtreten!

„Na, geh' nur, ich werde meinen Buben, den Klasel, schon schicken. Aber raufen, wenn's mir tut's!"

Als ich auf dem Heimweg über die Weide ging, wo sein Bub die Schafe hütete, winkte ich ihm wiederholt mit der Hand: „Grüß Gott, Klasel!" und schritt mit langsamen, großen Schritten fürbaß. – Strenge, das nahm ich mir vor, strenge wollte ich nicht sein. Wußte ich doch selbst am besten, daß der alte Patterer nur mit Güte bei mir was ausgerichtet hat. Einst, als er mir des Käfers im Tintenfasse wegen die Ohrfeige versetzt hatte, blieb ich nachher einfach wochenlang weg, bis er endlich gütlich und bittlich an mich herankam und mir ein Lebzeltenherz versprach, wenn ich wieder in die Schule käme. – Lebzeltenherzen hatte ich nicht zu vergeben, so durfte ich natürlich auch keine Ohrfeigen austeilen, und das um so weniger, als meine Schüler fast alle stärker waren als ich.

Aus diesem Grunde geschah es auch, daß schon in der zweiten Lehrstunde, die wie die erste feierlich begonnen hatte zwischen Bett und Ofen, ein Nachbarsbub den Vorschlag machte, wir sollten jetzt in den Schachen hinausgehen und „Esel über den Bock springen" spielen, hingegen am nächsten Tage um eine Stunde länger Fibel lesen. Nun dachte ich, wer nicht stark ist, der muß klug sein. Vergeben will ich mir nichts.

„Esel über den Bock springen? Ich kann euch das nicht erlauben, Kinder, denn es ist Schulzeit. Aber ich will es auch nicht verbieten. Wir werden jetzt diese Seite fertiglesen und dann werde ich abstimmen lassen."

„Wer für den Schachen nicht ja sagt, der wird gehaut!" rief der Nachbarsbub. Alle stimmten für den Schachen. Auch meine kleine Schwester Plonele, die sonst immer Wissensdrang heuchelte, hub ihr Bratzlein auf: „In den Schachen, in den Schachen!"

Einige Zeit früher, als ich des „Hasenöls" wegen in Bruck gewesen war, hatte ich Schulknaben gesehen, die im Garten der Reihe nach über einen mit Leder überzogenen Holzbock sprangen und der Lehrer kommandierte sie dazu wie Soldaten. „Turnen" hieß man das, eine Leibesübung, die nach neuem Brauch auch zur Schule gehörte. Als meine Schuljugend nun einstimmig für den Schachen war, erhub ich meine Stimme und rief strenge: „Schachen hin, Schachen her! Jetzt ist Turnstunde. Jetzt gehen wir Bockspringen. Marsch!" – So hatte ich den Anschein meiner Herrlichkeit gewahrt und kann sich's auch mein Leser merken: Willst du, daß dir die Leute stets gehorchen, so befiehl ihnen gerade das, was sie selber tun wollen. Da die Knaben keine hölzernen Turnböcke hatten, so gaben sich die Mädel dazu her, indem sie tief gebückt auf Füßen und Händen dastanden und die Jungen über sich springen ließen. Ich war natürlich der Turnmeister, hütete mich aber wohl, auch nur einen Sprung zu machen, um nicht etwa die Meinung zu zerstören, daß ich der beste Springer sei. Das hinderte sie keineswegs, sich im Schachen in Knabenlust auszutoben.

Um meine Zöglinge nächstens noch wieder zu den Schulbüchern zurückzulocken, stellte ich ihnen für die Prüfung am Schlusse des Monats Prämien in Aussicht. Die ABC-Schützen waren noch die ehrgeizigsten, sie wußten in wenigen Tagen die Namen der vierundzwanzig kleinen Burschen, die seit vierhundert Jahren größere Reiche erobert haben, als alle Heere der Welt zusammen. Das Zifferrechnen wollte gar nicht gehen, hingegen waren die Finger an der Hand die denkbar bequemste Rechenmaschine. Die Schreibaufgaben wurden häufig illustriert. Zumeist ein Kopf mit langen Ohren und langer Nase. Ich hatte nie den Mut, die Künstler zu fragen, wer das sein sollte. „R!" rief die kleine Schwester, die auf dem Ofenmäuerlein saß und ihren Finger gar so harmlos an den genannten Buchstaben legte.

Ich war zur Zeit im Besitze eines alten Pulverhornes, wie es einst die Jäger an grüner Schnur seitlings getragen haben, ferner hatte ich vom verstorbenen Oheim, der „Uhrendoktor“ gewesen, ein paar in Bein gefaßte Brillen inne und endlich war ich Eigentümer einer mausgrauen Pelzhaube, an der man rechts und links Tuchlappen über die Ohren herabbinden konnte. Diese Schätze stiftete ich als Ehrengaben für jeden besten Schüler im Lesen, Schreiben und Rechnen. Die Prüfung kam heran. Den alten Höfelzenz, den ich ein wenig als Gönner meiner Schule betrachtete, lud ich ein, der sollte den Schulinspektor abgeben. Ich hatte ihm in der Stube nächst dem „Schulzimmer“ den Großvaterstuhl hergerichtet. Er kam, setzte sich hinein, behielt aber den breitkrempigen Hut auf dem Kopf und die Pfeife im Mund, was mich so irre machte, daß alle feierliche Stimmung zum Kuckuck ging. Unter den Schülern war leidliche Zucht, ich ließ lesen, schreiben und rechnen, und zwar das Urelementare im ABC, und die ewige Wahrheit, daß zwei mal zwei gleich vier ist. Bei einigen ging es recht notig, aber sie brachten es ziemlich richtig vor, ein paar aber ratschten ihre Wissenschaft mit großer Zungengeläufigkeit herab, an der nur die Kleinigkeit auszustellen gewesen wäre, daß fast alles unrichtig und falsch war. Natürlich nickte ich stets zufrieden mit dem Kopf und hütete mich, auch nur einen Fehler auszubessern. Darob ließ freilich auch der alte Höfelzenz sein Köpflein bewundernd wackeln, jetzt tat er auch den Stinktiegel vom Gesicht, spuckte über das Ehebett hin in den Stubenwinkel und sagte: „Deuxels Fratzen seid's, daß' schon lesen und rechnen könnt's, wie der Herr Verwalter! Hätt' mir's nit erwartet von dem Rotzbuben, daß er schon so brav schulhalten kunnt! Wie der Pfarrer tun's lesen, daß nur gleich alles scheppert, die Schlingel, die verschwammelten! So ein kleberer Nixi da, dem die Windeln schier noch beim Hösel heraushängen! Und schon so schulhalten können! Wirst halt einer werden müssen, bist eh sonst zu nix.“

Auf solche Anerkennung blickten meine Schüler auf mich her voller Hochachtung und Geringschätzigkeit zugleich, ganz im Geist der Rede des verehrlichen Inspektors. Und dann wurde die Preisverteilung vorgenommen. Meine Schwester erhielt das Pulverhorn, der Klasel die Brillen, der Grabenhupferfranzel für sein fixes Rechnen die Pelzhaube. Nun mochte der gute Rechner auf etwas Besseres gerechnet haben, als auf eine schäbige Pudelhaube, er schmiß sie dem Höfelzenz an die Beine, worauf dieser ihn mit zwei Fingern beim Ohrläppchen nahm und es wie eine Schraube drehte: „Werden wir halt einmal ein bissel uhraufziehen, vielleicht, daß nachher im Köpfel doch der Verstand anhebt. Aften wollen wir das Pelzkappel schon noch aufsetzen."

Der Klasel war übrigens mit seinen Brillen auch nicht zufrieden, wollte das Pulverhorn haben. Ans Schießen dachte er, allerdings nicht ermessend, daß zum Horn auch noch Pulver und zum Pulver das Gewehr gehört. Darauf kam er erst, als das Horn durch Tausch für die Brillen sein Eigentum geworden war, und also einen Schock unerfüllbarer Wünsche in ihm geboren hatte. Meine Schwester wollte die Brillen sofort an das Nasel stecken, blieben aber auf dem kleinen Ding nicht stehen; und als sie doch ein wenig durchguckte, konnte sie durch diese guten Gläser sehen, wie es ist, wenn man nichts sieht, wenn man die Augen aufmacht in den hellichten Tag und nichts sieht, als nebelige Sachen, die alle ineinanderrinnen.

So hatte ich mit meinen Prämienstiftungen schon das Richtige getroffen, jedes war zufrieden mit der seinigen, und die mehreren, die nichts bekommen hatten, waren es noch am meisten.

In den Vakanzen, während des Herumarbeitens im Heu und Korn, legte ich mir manchmal die Frage vor, ob für nächstes Jahr meine Schule nicht einen anderen Geist bekommen sollte? Eine Schulreform, die sich aber in erster Linie auf den Schullehrer selbst beziehen sollte. Vor allem mußte er älter werden, und das wurde er bis zum nächsten Winter. Dann mußte er gescheiter werden, und das wurde er nicht. Denn als der Winter kam, machte er mit Kreide an der Haustür bekannt, daß das neue Schuljahr beginne.

Die Nachbarn taten diesmal aber nichts desgleichen, nur einer warf es mir so im Vorbeigehen über die Achsel zu, er schicke seinen Buben nicht mehr. Das sei ein kindisches Wesen und es käme nichts dabei heraus. Der Knabe des Höfelzenz, der Klasel, sandte mir ein zierlich zusammengefalztes Brieflein, in welchem nichts Geringeres stand, als der folgende Bericht:

„I g a i k Schul kun e lesen un schreim a."

(In unserer umständlichen Alltagssprache heißt das: „Ich gehe auch in keine Schule, kann ohnehin lesen und schreiben auch.")

Nun also! Das war doch ein Erfolg. Und was für einer! Mit so wenigen Buchstaben soviel zu sagen! – Übrigens war das aber auch die einzige schriftstellerische Leistung des Klasel. Später ist er Eseltreiber geworden. Nun, da kam er mit seinen Selbstlauten ja reichlich aus.

Die fremden Holzknechte

Mein Vater verstand sich gut auf das Gerben der Häute, auf die Weberei, auf die Müllerei und auf das Leinölpressen. Bei letzterem war ich als etwa zehnjähriger Knabe ihm oft recht wacker behilflich, indem ich eine Schnitte Weißbrot ins Öl tauchte, das aus der Kluft der Preßbäume rann, und dann mit der gelbglänzenden Schnitte in meinen Mund fuhr.

Während solcher Beschäftigung trat eines Tages der Holzhändler Klemens Zaunreuter in die Preßkammer. Der war einmal Waldmeister bei einem Großgrundbesitzer gewesen, hatte sich aber im Holzhandel so heidenmäßig viel Geld erworben und war bei dieser unerquicklichen Beschäftigung ganz mager geworden, im übrigen aber immer noch leidlich bei Humor. Der Klemens fragte nun, als er in der Holzmulde das Rieseln hörte, ob der Most süß wäre?

Er solle ihn vorkosten, lud mein Vater ein; aber als der Klemens die ganze Mulde hob und daraus einen Schluck machte, taumelte er zurück, als ob ihm einer einen Faustschlag ins Gesicht versetzt hätte, und machte den Schluck auf das lebhafteste wieder ungeschehen.

„Schaden kann's nicht, Klemens", tröstete der Vater, „es ist reines Leinöl."

„Waldbauer", sagte hierauf der Holzhändler, sich wieder in Ordnung stellend, „ich bringe dir viel gute Sach' ins Haus und du tust mir so was an!"

„Du bist mir auch der erste, der den Flachswein nicht mag!" sagte hierauf mein Vater. „Ist ja richtig wie ein Wein, so guldfarbig und klar. Und für die liebe Gesundheit kannst gar nichts Besseres finden. Ich bin den Ärzten ein paar Ochsen schuldig geworden, und dennoch tät' ich heut' tief unter der Erden liegen, wenn der himmlisch' Vater das Leinöl nicht hätt' wachsen lassen."

„Und weil du, gottlob, noch über der Erden stehst, Waldbauer, so wirst halt Geld brauchen", fädelte der Klemens ein, „schau, mich hat dein Schutzengel hergeführt, ich bring' dir eins."

„O mein du", versetzte hierauf der Vater und legte sich mit seiner ganzen Schwere über den Hebel, daß der Leinkuchen in der Presse noch seine letzten Tropfen lassen mußte, die aber in ein besonderes Töpflein kamen, weil solcher Rest nicht ganz so klar und milde war als die erste Abrunne. „O mein du", sagte er, „das Geld hätt' ich freilich wohl zu brauchen, aber trag's nur wieder fort, ich weiß, was du dafür haben willst. Du willst die sechs alten Fichten haben, die bei meinem Haus stehen. Es geht mir heute um ein groß' Trumm schlechter als vor einem Jahr, wo du dich der Bäume wegen hast angefragt, aber ich hab' dir keine andere Antwort als wie dazumal: die sechs Bäume neben dem Haus, die sind ein Angedenken von alters, und wenn ich Acker und Wiesen verkaufen muß und das Vieh aus dem Stall: die Bäume bleiben stehen, und wenn sie mich ohne Truhen ins Grab legen sollten müssen: die alten Bäume bleiben stehen, bis sie selber fallen."

Die letzten Worte waren schnaufend gesprochen, und mit denselben war nun auch der letzte Tropfen aus dem Leintreber.

Der Klemens aber sagte: „Waldbauer, du wirst keinen Acker verkaufen und kein Stück Vieh aus dem Stall; du wirst eine Truhen aus weißem Eschenholz kriegen, Gott geb', daß du sie noch lange nicht brauchest! Du wirst auf der Welt noch gute Tage haben. Du wirst nicht die alten Fichten, aber du wirst aus deinem Wald die schlagbaren Lärchen verkaufen, die drinnen stehen. Hast deine Brieftasche bei dir, so halte sie auf!"

Ich erschrak, als ich die Ziffer der Banknote sah, die der Versucher jetzt aus seinem Leder gezogen hatte und mit zwei Fingerspitzen wie ein Fähnlein vor den zuckenden Augen meines Vaters hin- und herflattern ließ. Das Mißgeschick hatte bei uns dem Holzhändler gut vorgearbeitet, wir konnten all das, was wir unser zehn Köpfe und Mägen bedurften, nicht mehr aus den achtzig Jochen Berggrund herausziehen; der Arzt schickte uns Briefe, die ich nicht weich und sanft genug lesen konnte, daß sie dem Vater erträglich wurden: „Der Waldbauer wird hiermit aufgefordert, binnen vierzehn Tagen... widrigenfalls..." „Da meine Geduld endlich gerissen, so habe ich bewußte Angelegenheit dem k. k. Gerichte übergeben, und wird, wenn nicht innerhalb acht Tagen... die Pfändung..." Derlei sind so ziemlich die ersten Sätze gewesen, die ich in unserer lieben, hochdeutschen Sprache zu lesen bekam. Auch das „Steuerbüchel" mit seinem „Datum der Schuldigkeit" und „Datum der Abstattung" ließ mich ahnen, welche Kraft in der Sprache Schillers und Goethes verborgen liegt.

Es war ein leibhaftiger Hunderter, den nun der Holzhändler mit den zwei Fingern an der Ecke hielt. – Ob in demselben Augenblicke nicht ein kaltes Schauern durchs Gewipfel der Lärchen gegangen ist, die draußen einzeln zerstreut im Fichtenwalde standen! Ob nicht ein banges Ahnen durch die kleinen Vogelherzen geweht hat, die in jenen Wipfeln ihre Nester gebaut! – Mein Vater streckte die Hand nicht aus nach dem Gelde, aber er verbarg sie auch nicht im Kleide, er beschäftigte sie nicht mit dem Hebel, er ließ sie – wie er von der

Arbeit erschöpft, so dasaß – halb offen, wie sie die Natur gebogen, auf seinem Schoße ruhen. Der Klemens senkte das seltsame Papier hinein, da krümmten sich die hageren Finger sachte – und hielten es fest.

Die Lärchen waren verkauft.

„Nur muß ich mir noch eine Bedingung machen“, sagte der Holzhändler, da er wußte, der arme Mann lag bereits in der Gewalt des Geldes, „im Spätherbst, wenn der Schnee kommt, lasse ich die Bäume schlagen. Du wirst dich verwundern, Waldbauer, wenn ich dir sage: über deine Lärchenbäume wird der Kaiser fahren! Ja, ja, zum Eisenbahnbau brauchen wir sie. Meine Bedingung ist die, daß meine Holzknechte, solange sie im Walde arbeiten, in deinem Hause kochen und schlafen dürfen.“

„Warum denn nicht!“ meinte der Vater, „das ist ja recht brav, wenn's ihnen unter meinem Dach gut genug ist!“

Welch ein Unheil wurde mit diesen gutmütigen Worten über unser Waldhaus heraufbeschworen!

Der Klemens schenkte mir noch ein sehr glänzendes Gröschlein und ging dann munter davon.

Ich erinnere mich noch, daß ich mich darüber wunderte; die Munterkeit war doch offenbar unsere Sache, denn wir hatten das Geld. Der Vater trug das seine in den Dachboden hinauf und verbarg es im Gewandkasten; es wird ja bald wieder auswandern. Dann gingen die Tage hin, wie sonst, und im Walde standen die Lärchen und schaukelten im Winde ihre langen Äste, wie sonst, und wurden im Herbste gelb, wie sonst, und setzten an den Zweigen für ein nächstes Frühjahr an, wie sonst.

„Die wissen's auch nicht, daß sie schon so bald sterben sollen!“ sagte mein Vater einmal zu mir, als wir von der Wiese herauf durch den Wald gingen. Ich tröstete mich aber mit der Hoffnung, daß der Holzhändler Klemens, der gar nicht mehr in unsere Gegend kam, dieser Lärchen vergessen würde. Meine Mutter, der ich das heimlich aussprach, rief laut:

„O, Kind, der vergißt auf seine Seel', aber nicht auf die Lärchen!“

Und eines Tages, als der Erdboden schon fest gefroren war, als das Moos unter den Füßen knisterte und brach, da hörten wir im Walde das Rauschen der Säge. Wie wir über die braunen Fichtenwipfel hinschauten, sahen wir aus denselben den gelblichen Spitzkegel eines hohen Lärchenbaumes ragen. Das Rauschen der

Säge verstummte, die Keilschläge klangen, da neigte sich sachte der Kegel, tauchte nieder und im Erdboden war ein Zittern.

Am Abende darauf hatten wir die Holzknechte im Haus. Es waren nur zwei, und als wir sie sahen, gefielen sie uns allen. Der eine war schon betagt, hatte einen langen roten Vollbart, eine Glatze und eine scharf krummgebogene Nase. Die Äuglein des Mannes schienen sehr klein, weil die roten Wimpern und Brauen von der Hautfarbe kaum abstachen, aber in den Äuglein war viel Spaß und Schalkheit. Der andere war wohl um zwanzig Jahre jünger, hatte ein braunes Bärtlein; wer seinen strammen Nacken und seine breite Brust beachtete, der wußte es: ein kernfester Holzknecht. Beide hatten steife Schurzfelle um und rochen nach Harz und Holzspänen.

Für uns war bald abgekocht, so überließ ihnen die Mutter den Herd. Und wahrlich, die verstanden ihn zu benützen! Was sie da kochten, war nicht das bekannte Holzknechtwildbret, als Hirschen, Fuchsen, Spatzen und dergleichen Nocken, wie man sie aus Mehl und Fett zubereitet: das war wirklich Fleisch und Speck und Braten, und das schmorte und knatterte in den Pfannen, daß unsere Mägen, welche mit einer Brotsuppe und Erdäpfeln abgetan worden, in Aufregung gerieten. Aber der Rote zerriß mit den Fingern ein ganzes Speckstück und wir sollten kosten. Einen mit Stroh umwundenen Zuber hatten sie bei sich, daraus tat einer und der andere tapfere Züge. Der Rote lud meinen Vater ein, ihren Wein zu versuchen. Er tat's und dabei erging's ihm noch schlechter als dem Klemens bei der Leinölmulde: Im Zuber war höllischer Branntwein. – Jetzt war's Tag für Tag, daß die Holzhauer in unserem Hause praßten. Uns verging die Lust an unserer täglichen Kost, weil wir den Überfluß und das Wohlleben sahen. Wir wurden unzufrieden, und unser Gesinde, das aus zwei halberwachsenen Dienstmädchen und der blinden Einlegerin bestand, tat manchen Seufzer. Doch der Rote wußte uns zu ergötzen. Er erzählte von den Städten und Ländern, denn die beiden Männer waren viel herumgekommen und hatten in großen Fabriken gearbeitet. Dann gab er Schwänke und Schalkheiten zum besten; in den ersten Tagen auch Rätsel und drollige Wortspiele, bei denen die Mädchen viel kicherten, Vater und Mutter stillschwiegen und ich nicht recht wußte, was ich mir denken sollte. Dann kamen Liedchen, in welchen zum inneren Entzücken unseres Gesindes das ländliche Liebesleben in allen seinen Gestalten zu klarem Ausdrucke kam. Für uns Kinder war's da allemal Zeit ins Bett zu gehen, aber unsere Strohschaube befanden sich eben in der Stube, in welcher die lustigen Dinge vorgingen. Wir schlossen wohl die Augen und ich hatte wirklich den festen Willen einzuschlafen, doch die Ohren blieben offen und je fester ich die Augen zudrückte, je mehr sah ich im Geiste.

Der junge Holzknecht war still und ordentlich, blieb des Abends auch nicht so lange in der Stube, sondern suchte stets beizeiten seine Schlafstelle auf, die draußen im Heustadl war. Diesem gesitteten Beispiele konnten doch auch die Mädchen nicht nachstehen, sie ließen den Roten schwatzen und verloren sich. Mein Vater bemerkte einmal zum Roten, daß der junge gescheiter wäre als der Alte, worauf der Rote fragte, ob dem Bauer etwa die lustigen Liedlein nicht recht wären, dann wolle er fromm sein und beten. Und hub betrunkenerweise an, im Tone des Vaterunsers Spottsprüche herzusagen; stieg auf den Herd und verhöhnte in der Predigermanier eines Kapuziners die heiligen Apostel, Märtyrer und Jungfrauen, so daß meine Mutter mit aufgehobenen Händen vor meinen Vater trat: „Ich bitte dich tausendmal, Lenzel, wenn du mir diesen gottlosen Menschen nicht bei der Türe hinauswirfst, so tu' ich es selber!"

„Weibel, tu's selber!" rief der Rote, sprang vom Herd herab und wollte die Mutter packen und liebkosen.

Das war unerhört. In unserem Hause, wo jahraus jahrein kein unanständiges Wort gesprochen wurde, plötzlich solche Sachen! Mein Vater war schier gelähmt vor Erstaunen, die Mutter aber faßte den frevelhaften Holzknecht am Arm und rief: „Jetzt gehst, Schandmaul! und in mein Haus kommst mir nimmer!"

Nicht einen Zoll ließ sich der Holzhauer vom Fleck rücken.

„Wenn die Waldbauernleut' schon so fromm sind", sagte er immer noch im Predigerton, „daß sie vergessen, was sie unserem Herrn versprochen haben, so geh' ich deswegen doch nicht aus diesem Dach hinaus. Weiber jagen mich nicht, da zieht's mich noch alleweil näher hin."

„Vielleicht jagen dich Männer und Ofenscheiter!" sagte jetzt mein Vater und riß mit einer Schnelligkeit und Entschlossenheit, die ich an dem sanftmütigen Manne bisher nicht erlebt, ein Holzscheit von der Asen. Der rote Holzknecht fiel ihm in die Arme, sie rangen. Die Mutter suchte den Vater zu schützen, meine Geschwister in Stroh und Windeln erhoben ein Geschrei, ich sprang im bloßen Hemde zur Türe hinaus und rief die Mägde um Hilf' an, die wohl schon friedsam in ihren Nestern ruhen mußten. Die blinde Jula kam als die erste glücklich über den Hof gehumpelt, während eine der Sehenden über den Schweintrog stolperte. Und die Jungmagd kletterte auf mein Geschrei und den Lärm im Hause, des Schreckens voll, die Sprossenleiter hernieder, die vom Heustadl in den Hof herabführte. Ohne damals die Tragweite dieser letzteren Tatsache zu erwägen, eilte ich wieder ins Haus, wo die beiden Männer im Kampfe schnaufend und ächzend in der Stube von Wand zu Wand fuhren. Der lange Bart des Holzhauers hatte sich in Fetzen um das Haupt meines Vaters geschlungen. dieser schien doch die Oberhand zu gewinnen; da kam der junge Holzknecht, bloß im Hemd und blauer Unterhose zwar, aber mit der ganzen Wucht seines Körpers. Die Weiber taten, was bei solchen Auftritten ihres Amtes ist, sie schlugen die Hände zusammen und jammerten. Meine Mutter nur, als sie sah, es wäre alles verloren, erfaßte auf dem Herd einen lodernden Feuerbrand, rief: „Ich will euch noch hinaustreiben, ihr Raubersleut', das weiß ich gewiß!“ und fuhr mit dem Brande an den Bretterverschlag.

„Die Furie will uns verbrennen!“ kreischten die Holzknechte und stürzten durch den wirbelnden Rauch zur Tür hinaus.

Wir waren von den unflätigen Gesellen befreit, aber die Flammen züngelten lustig die Wand hinan. Mit Not und Wasserkübeln gelang es noch, die Feuersbrunst zu ersticken.

So ist derselbe Abend in eine stille bange Nacht übergegangen. Die Haustür hatten wir verriegelt und verrammelt, und als wir das Kienspanlicht ausgelöscht, horchte später der Vater an den Fenstern, ob sie etwa noch draußen.

Es blieb still, erst am nächsten Morgen kam der junge Holzknecht, um seine und seines Kameraden Geräte mit sich zu nehmen. Sie haben sich dann im Walde aus Holzschwarten und Baumrinden eine Hütte gebaut, in welcher sie den halben Winter über wohnten, bis die Lärchenstämme verarbeitet waren.

Wir waren jedoch überzeugt, daß sie Böses gegen uns spinnen mußten, worauf aber die Jungmagd einmal ganz klug bemerkte, das beste wäre doch, mit solchen Leuten sich stets in gütlicher Weise zu vertragen.

„Du hast leicht reden, Dirn, du weißt nichts“, entgegnete ihr mein Vater.

Auf ein solches – schwieg sie. Sie wußte viel.

Da hatte ich zur selben Zeit einen neuen Schreck. Aus Begierde, die gottlosen Gesellen doch noch einmal zu sehen und zu beobachten, ob ihnen bei ihrer Holzarbeit nicht etwa der Teufel knechtliche Arbeit leiste, lugte ich eines Tages vom Waldwege aus durch das Dickicht auf ihren Arbeitsplatz hin. Da sah ich, daß sie lange Totentruhen machten.

Ich berichtete das zu Hause und rief damit eine große Erregung hervor.

„Wie ich sag', sie haben noch was im Sinn!“ sagte meine Mutter.

Der Vater vermutete: „Bub, du wirst wieder einmal beim hellichten Tag geträumt haben. Nachschauen will ich aber doch gehen.“

Wir gingen in den Wald. Mein Vater guckte durch das Dickicht zu den Holzhauern hin – und da sah ich, wie er blaß wurde. „Uh, Halbnarr!“ lachte er ächzend, die graben uns Bauern von ganz Alpl ein!“

In ganzen Stößen waren die Totensärge aufgeschichtet und noch immer hackten sie mit ihren Beilen an neuen herum. – Wir schossen davon, um alsogleich dem Ortsrichter, der auf dem Berge jenseits des Engtales sein Haus hatte, die Mitteilung zu machen von dem, was wir gesehen. Unterwegs dahin begegnete uns der Zimmermann Michel, dem sagte mein Vater, er möge all seine Hacken und Messer bereit halten, es habe den Anschein auf schlimme Zeiten. Die fremden Männer, die in seinem Walde arbeiteten, täten nichts, als Totentruhen machen.

„Ja“, antwortete der Michel, ich hab's auch schon gesehen, ein Glück ist nur, daß diese Truhen nicht hohl sind.“ Hierauf belehrte uns der erfahrene Mann über die Form der Eisenbahnschwellen, die, gewöhnlich zu zweien aus dem Block gehauen, bevor sie auseinandergeschnitten wurden, mit ihren sechs Ecken einem Sarge glichen. Wir kehrten alsogleich um und als wir auf dem Feldraine hingingen, wo der Rasenweg glatt und hübsch eben war, sagte mein Vater zu mir: „Jetzt hätten wir schön Zeit, daß wir uns selber auslachen kunnten, sonst tun's andere. So geht's, wenn man wem feind ist, des Schlechtesten zeiht man ihn und ist so verblendet, als hätte einem der bös' Feind die Hörner in die Augen gestoßen. Am Ende sind auch die zwei Holzhacker nicht so schlecht, als sie ausschauen. Wie der Will', ich werd' froh sein, wenn sie beim Loch draußen sind. Und das weiß ich: der Klemens kauft mir keine Lärchen mehr ab.“

„Weil Ihr keine mehr habt“, war meine Weisheit drauf. Der Vater schien sie nicht gehört zu haben.

Die Holzknechte waren endlich fortgezogen und mit ihnen die Lärchenschwellen. Die rötlichen Baumstöcke blieben zurück und auf den Poren derselben standen helle Tröpflein des Harzes. „Daß sie keine Christen waren“, bemerkte mein Vater einmal, „zeigt sich schon darin, daß sie nicht in einem einzigen Stock das Kreuzel eingehackt haben.“ Im Walde war's nämlich damals noch Sitte, daß die Holzknechte in jeden Stock, sobald der Baum gefallen war, mit dem Beil ein Kreuzlein eingruben. Warum, das habe ich nie recht erfahren können; es wird wohl aus demselben Grunde geschehen sein, aus welchem der Schmied beim Wegziehen des glühenden Eisens mit dem Hammer noch ein paar leere Schläge auf den Amboß tut. Man will mit solchen Dingen dem Teufel, der bekanntlich nie müßig ist und sich in alle Arbeiten der Menschen mischt, das Handwerk legen.

Mein Vater, dessen Leben stets so sehr mit dem Kreuze verwoben war, ging hintendrein und hieb in die Lärchenstöcke Kreuze ein. Also war's wieder in Ordnung mit dem Walde und voller Frieden, wie es ehedem gewesen.

Und das ist die Geschichte von den fremden Holzern, den Kindern der Welt, die wie ein erster Wellenschlag aus dem hochbewegten Meere des Lebens in unseren entlegenen Waldwinkel gedrungen waren. Wie klein war dieser Wellenschlag, und wieviel Unruhe, Unzufriedenheit und Ärgernis hatte er herangeschwemmt! Nach und nach waren die fremden Elemente wieder vergessen, selbst die Mutter war ihrer Entrüstung endlich Herr geworden. Unsere Jungmagd jedoch träumte bisweilen wachend von einem jungen Holzknecht.

Als ich das erstemal auf dem Dampfwagen saß

Mein Oheim, der Knierutscherjochem – er ruhe in Frieden! – war ein Mann, der alles glaubte, nur nicht das Natürliche. Das Wenige von Menschenwerken, was er begreifen konnte, war ihm Hexerei und Teufelsspuk. – Der Mensch, das bevorzugteste der Wesen, hat zum Beispiel die Fähigkeit, das Rindsleder zu gerben und sich Stiefel daraus zu verfertigen, damit ihn nicht an den Zehen friere; diese Gnade hat er von Gott. Wenn der Mensch aber hergeht und den Blitzableiter oder gar den Telegraphen erfindet, so ist das gar nichts anderes als eine Anfechtung des Teufels. – So hielt der Jochem den lieben Gott für einen gutherzigen, einfältigen Alten (ganz wie er, der Jochem, selber war), den Teufel aber für ein listiges abgefeimtes Kreuzköpfel, dem nicht beizukommen ist und das die Menschen und auch den lieben Gott von hinten und vorn beschwindelt.

Abgesehen von dieser hohen Meinung vom Luzifer, Beelzebub (was weiß ich, wie sie alle heißen), war mein Oheim ein gescheiter Mann. Ich verdankte ihm manches neue Linnenhöslein und manchen verdorbenen Magen.

Sein Trost gegen die Anfechtungen des bösen Feindes und sein Vertrauen war die Wallfahrtskirche Mariaschutz am Semmering. Es war eine Tagreise dahin und der Jochem machte alljährlich einmal den Weg. Als ich schon hübsch zu Fuße war (ich und das Zicklein waren die einzigen Wesen, die mein Vater nicht einzuholen vermochte, wenn er uns mit der Peitsche nachlief), wollte der Jochem auch mich einmal mitnehmen nach Mariaschutz.

„Meinetweg", sagte mein Vater, „da kann der Bub gleich die neue Eisenbahn sehen, die sie über den Semmering jetzt gebaut haben. Das Loch durch den Berg soll schon fertig sein."

„Behüt' uns der Herr", rief der Jochem, „daß wir das Teufelszeug anschau'n! 's ist alles Blendwerk, 's ist alles nicht wahr."

„Kann auch sein", sagte mein Vater und ging davon.

Ich und der Jochem machten uns auf den Weg; wir gingen über das Stuhleckgebirge, um ja dem Tale nicht in die Nähe zu kommen, in welchem nach der Leut' Reden der Teufelswagen auf und ab ging. Als wir aber auf dem hohen Berge standen und hinabschauten auf den Spitalerboden, sahen wir einer scharfen Linie entlang einen braunen Wurm kriechen, der Tabak rauchte.

„Jessas Maron!" schrie der Jochem, „das ist schon so was! spring' Bub!" – Und wir liefen die entgegengesetzte Seite des Berges hinunter.

Gegen Abend kamen wir in die Niederung, doch – entweder der Jochem war hier nicht wegkundig oder es hatte ihn die Neugierde, die ihm zuweilen arg zusetzte, überlistet, oder wir waren auf eine „Irrwurzen" gestiegen – anstatt in Mariaschutz zu sein, standen wir vor einem ungeheuren Schutthaufen und hinter demselben war ein kohlfinsteres Loch in den Berg hinein. Das Loch war schier so groß, daß darin ein Haus hätte stehen können, und gar mit Fleiß und Schick ausgemauert; und da ging eine Straße mit zwei eisernen Leisten daher und schnurgerade in den Berg hinein.

Mein Oheim stand lange schweigend da und schüttelte den Kopf; endlich murmelte er: „Jetzt stehen wir da. Das wird die neumodische Landstraßen sein. Aber derlogen ist's, daß sie da hineinfahren!"

Kalt wie Grabesluft wehte es aus dem Loche. Weiter hin gegen Spital in der Abendsonne stand an der eisernen Straße ein gemauertes Häuschen; davor ragte eine hohe Stange, auf dieser baumelten zwei blutrote Kugeln. Plötzlich rauschte es an der Stange und eine der Kugeln ging wie von Geisterhand gezogen in die

Höhe. Wir erschraken baß. Daß es hier mit rechten Dingen nicht zuginge, war leicht zu merken. Doch standen wir wie festgewurzelt.

„Oheim Jochem“, sagte ich leise, „hört Ihr nicht so ein Brummen in der Erden?“

„Ja, freilich, Bub“, entgegnete er, „es donnert was! es ist ein Erdbiden.“ Da tat er schon ein kläglich Stöhnen. Auf der eisernen Straße heran kam ein kohlschwarzes Wesen. Es schien anfangs stillzustehen, wurde aber immer größer und nahte mit mächtigem Schnauben und Pfustern und stieß aus dem Rachen gewaltigen Dampf aus. Und hintenher –

„Kreuz Gottes!“ rief der Jochem, da hängen ja ganze Häuser dran!“ Und wahrhaftig, wenn wir sonst gedacht hatten, an der Lokomotive wären ein paar Steirerwäglein gespannt, auf denen die Reisenden sitzen konnten, so sahen wir nun einen ganzen Marktflecken mit vielen Fenstern heranrollen, und zu den Fenstern schauten lebendige Menschenköpfe heraus, und schrecklich schnell ging's, und ein solches Brausen war, daß einem der Verstand still stand. Das bringt kein Herrgott mehr zum Stehen! fiel's mir noch ein. Da hub der Jochem die beiden Hände empor und rief mit verzweifelter Stimme: „Jessas, Jessas, jetzt fahren sie richtig ins Loch!“

Und schon war das Ungeheuer mit seinen hundert Rädern in der Tiefe; die Rückseite des letzten Wagens schrumpfte zusammen, nur ein Lichtlein davon sah man noch eine Weile, dann war alles verschwunden, bloß der Boden dröhnte und aus dem Loche stieg still und träge der Rauch.

Mein Oheim wischte sich mit dem Ärmel den Schweiß vom Angesicht und starrte in den Tunnel.

Dann sah er mich an und fragte: „Hast du's auch gesehen, Bub?“

„Ich hab's auch gesehen.“

„Nachher kann's keine Blenderei gewesen sein“, murmelte der Jochem.

Wir gingen auf der Fahrstraße den Berg hinan; wir sahen aus mehreren Schachten Rauch hervorsteigen. Tief unter unseren Füßen im Berge ging der Dampfwagen.

„Die sind hin wie des Juden Seel'!“ sagte der Jochem und meinte die Eisenbahnreisenden. „Die übermütigen Leut' sind selber ins Grab gesprungen!“

Beim Gasthause auf dem Semmering war es völlig still; die großen Stallungen waren leer, die Tische in den Gastzimmern, die Pferdetröge an der Straße waren unbesetzt. Der Wirt, sonst der stolze Beherrscher dieser Straße, lud uns höflich zu einer Jause ein.

„Mir ist aller Appetit vergangen“, antwortete mein Oheim, „gescheite Leut' essen nicht viel, und ich bin heut' um ein Stückel gescheiter geworden.“ Bei dem Monumente Karls VI., das wie ein kunstreiches Diadem den Bergpaß schmückt, standen wir still und sahen ins Österreicherland hinaus, das mit seinen Felsen und Schluchten und seiner unabsehbaren Ebene fern dorthin lag. Und als wir dann abwärts stiegen, da sahen wir drüben in den wilden Schroffwänden unseren Eisenbahnzug gehen – klein wie eine Raupe – und über hohe Brücken, fürchterliche Abgründe setzen, an schwindelnden Hängen gleiten, bei einem Loch hinein, beim andern hinaus – ganz verwunderlich.

„'s ist auf der Welt ungleich, was heutzutag' die Leut' treiben“, murmelte der Jochem.

„Sie tun mit der Weltkugel kegelschieben!“ sagte ein eben vorübergehender Handwerksbursche.

Als wir nach Mariaschutz kamen, war es schon dunkel.

Wir gingen in die Kirche, wo das rote Lämpchen brannte, und beteten.

Dann genossen wir beim Wirt ein kleines Nachtmahl und gingen an den Kammern der Stallmägde vorüber auf den Heuboden, um zu schlafen.

Wir lagen schon eine Weile. Ich konnte unter der Last der Eindrücke und unter der Stimmung des Fremdseins kein Auge schließen, vermutete jedoch, daß der Jochem bereits süß schlummere; da tat dieser plötzlich den Mund auf und sagte:

„Schlafst schon, Bub?“

„Nein“, antwortete ich.

„Du“, sagte er, „mich reitet der Teufel!“

Ich erschrak. So was an einem Wallfahrtsort, das war unerhört.

„Ich muß vor dem Schlafengehen keinen Weihbrunn' genommen haben“, flüsterte er, „'s gibt mir keine Ruh', 's ist arg, Bub.“

„Was denn, Pate?“ fragte ich mit warmer Teilnahme.

„Na, morgen, wenn ich kommuniziere, leicht wird's besser“, beruhigte er sich selbst.

„Tut Euch was weh', Oheim?"

„'s ist eine Dummheit. Was meinst, Bübel, weil wir schon so nah' dabei sind, probieren wir's?"

Da ich ihn nicht verstand, so gab ich keine Antwort.

„Was kann uns geschehen?" fuhr er fort, „wenn's die anderen tun, warum nicht auch wir? Ich lass' mir's kosten."

Er schwätzt im Traum, dachte ich bei mir selber und horchte mit Fleiß.

„Da werden sie einmal schauen", fuhr er fort, „wenn wir heimkommen und sagen, daß wir auf dem Dampfwagen gefahren sind!"

Ich war gleich dabei.

„Aber eine Sündhaftigkeit ist's!" murmelte er, „na, leicht wird's morgen besser, und jetzt tun wir in Gottes Namen schlafen."

Am anderen Tage gingen wir beichten und kommunizieren und rutschten auf den Knien um den Altar herum. Aber als wir heimwärts lenkten, da meinte der Oheim nur, er wolle sich dieweilen gar nichts vornehmen, er wolle nur den Semmeringbahnhof sehen, und wir lenkten unseren Weg dahin.

Beim Semmeringbahnhof sahen wir das Loch auf der anderen Seite. War auch kohlfinster. – Ein Zug von Wien war angezeigt. Mein Oheim unterhandelte mit dem Bahnbeamten, er wolle zwei Sechser geben, und gleich hinter dem Berg, wo das Loch aufhört, wollten wir wieder absteigen.

„Gleich hinter dem Berg, wo das Loch aufhört, hält der Zug nicht", sagte der Bahnbeamte lachend.

„Aber wenn wir absteigen wollen!" meinte der Jochem.

„Ihr müßt bis Spital fahren. Ist für zwei Personen zweiunddreißig Kreuzer Münz."

Mein Oheim meinte, er lasse sich was kosten, aber soviel wie die hohen Herren könne er armer Mann nicht geben; zudem sei an uns beiden ja kein Gewicht da. – Es half nichts; der Beamte ließ nicht handeln. Der Oheim zahlte; ich mußte zwei „gute" Kreuzer beisteuern. Mittlerweile kroch aus dem nächsten, unteren Tunnel der Zug hervor, schnaufte heran, und ich glaubte schon, das gewaltige Ding wolle nicht anhalten. Es zischte und spie und ächzte – da stand es still.

Wie ein Huhn, dem man das Hirn aus dem Kopfe geschnitten, so stand der Oheim da, und so stand ich da. Wir wären nicht zum Einsteigen gekommen; da schupfte der Schaffner den Jochem in einen Wagen und mich nach. In demselben Augenblicke wurde der Zug abgeläutet und ich hörte noch, wie der ins Gelaß stolpernde Jochem murmelte: „Das ist meine Totenglocke." Jetzt sahen wir's aber: im Wagen waren Bänke, schier wie in einer Kirche; und als wir zum Fenster hinausschauten – „Jessas und Maron!" schrie mein Oheim, „da draußen fliegt ja eine Mauer vorbei!" – Jetzt wurde es finster und wir sahen, daß an der Wand unseres knarrenden Stübchens eine Öllampe brannte. Draußen in der Nacht rauschte und toste es, als wären wir von Wasserfällen umgeben, und einums andermal hallten schauerliche Pfiffe. Wir reisten unter der Erde.

Der Jochem hielt die Hände auf dem Schoß gefaltet und hauchte: „In Gottes Namen. Jetzt geb' ich mich in alles drein. Warum bin ich der dreidoppelte Narr gewesen."

Zehn Vaterunser lang mochten wir so begraben gewesen sein, da lichtete es sich wieder, draußen flog die Mauer, flogen die Telegraphenstangen und die Bäume und wir fuhren im grünen Tale.

Mein Oheim stieß mich an der Seite: „Du, Bub! Das ist gar aus der Weis' gewesen, aber jetzt – jetzt hebt's mir an zu gefallen. Richtig wahr, der Dampfwagen ist was Schönes! Jegerl und jerum, da ist ja schon das Spitalerdorf! Und wir sind erst eine Viertelstunde gefahren! Du, da haben wir unser Geld noch nicht abgesessen. Ich denk', Bub, wir bleiben noch sitzen."

Mir war's recht. Ich betrachtete das Zeug von innen und ich blickte in die fliegende Gegend hinaus, konnte aber nicht klug werden. Und mein Oheim rief: „Na, Bub, die Leut' sind gescheit! Und daheim werden sie Augen machen! Hätt' ich das Geld dazu, ich ließe mich, wie ich jetzt sitz', auf unseren Berg hinauffahren!"

„Mürzzuschlag!" rief der Schaffner. Der Wagen stand; wir schwindelten zur Tür hinaus.

Der Türsteher nahm uns die Pappeschnitzel ab, die wir beim Einsteigen bekommen hatten, und vertrat uns den Ausgang. „He, Vetter!" rief er, „diese Karten galten nur bis Spital. Da heißt's nachzahlen, und zwar das Doppelte für zwei Personen; macht einen Gulden sechs Kreuzer!"

Ich starrte meinen Oheim an, mein Oheim mich. „Bub“, sagte dieser endlich mit sehr umflorter Stimme, „hast du ein Geld bei dir?“

„Ich hab' kein Geld bei mir“, bekannte ich.

„Ich hab' auch keins mehr“, murmelte der Jochem.

Wir wurden in eine Kanzlei geschoben, dort mußten wir unsere Taschen umkehren. Ein blaues Sacktuch, das für uns beide war und das die Herren nicht anrührten, ein hart Rindlein Brot, eine rußige Tabakspfeife, ein Taschenfeitel, etwas Schwamm und Feuerstein, der Beichtzettel von Mariaschutz und der lederne Geldbeutel endlich, in dem sich nichts befand als ein geweihtes Messingamulettchen, das der Oheim stets mit sich trug im festen Glauben, daß sein Geld nicht ganz ausgehe, solange er das geweihte Ding im Sacke habe. Es hatte sich auch bewährt bis auf diesen Tag – und jetzt war's auf einmal aus mit seiner Kraft. – Wir durften unsere Habseligkeiten zwar wieder einstecken, wurden aber stundenlang auf dem Bahnhofe zurückbehalten und mußten mehrere Verhöre bestehen.

Endlich, als schon der Tag zur Neige ging, zur Zeit, da, auf ehrlichen Füßen wandernd, wir leicht schon hätten zu Hause sein können, wurden wir entlassen, um nun den Weg über Berg und Tal in stockfinsterer Nacht zurückzulegen.

Als wir durch den Ausgang des Bahnhofes schlichen, murmelte mein Oheim: „Beim Dampfwagen da – 's ist doch der Teufel dabei!“

Dem Anderl sein Tabakgeld

Der Einleger Anderl hatte auf dieser Welt schon mit allem abgewirtschaftet. Er hatte einmal einen großen Bauernhof gehabt, der war verprozessiert worden. Dann hatte er noch eine silberne Uhr gehabt, die war verspielt worden. Hernach hatte er sich auf das Bauerndienen verlegt, dabei war er alt geworden. Alt, mühselig und arm. All das Bedürfnis und Glück des einst so herrischen, anspruchsvollen Mannes hatte jetzt in einer Tabakspfeife Platz – so gut hatte ihn das Leben erzogen. Schwerhörig und halbblind, den Krampf in den Händen und die Gicht in den Füßen! Wenn's nur in der Pfeife gloste und er am Rohre sog, so machte er keinen Einwand und war in säuerlich-süßer Laune.

In die Kirche gehen wollte er manchmal, denn der Anderl stellte sich vor, er habe sein Lebtag hübsch christlich gelebt, und so mochte er den guten Brauch in den alten Tagen nicht gerne abkommen lassen. Aber die Gicht, das war ein höllisch gottloser Kamerad, die hinderte ihn an dem Besuche des Amtes und der Predigt, und so wimmerte der Alte manchmal in einer frommen Sehnsucht: Wenn ich nur wenigstens ins Dorf zum Tabakkrämer kunnt kommen! Auch das war ihm versagt, und so wendete er sich eines Tages zu mir, der ich ein Knabe war in demselben Hause. „Heut' ist der heilige Christtag schon wieder", sagte er. „Gehst du in die Kirchen, Peter, so sei halt barmherzig und trag' mir mein Vermögen mit. Kauf' damit beim Kramer drei Packeln Tabak – ordinären – kriegst acht ganze Kreuzer heraus und bring' mir alles fein und fleißig heim. Nachher bist dafür brav eine ganze Wochen lang." Damit gab er mir einen Silberzwanziger, den er am heiligen Abend vom Armenvater als seinen Teil des eingegangenen Armengeldes erhalten hatte.

Ich war nämlich gerne bereit, mein Bravsein auf eine ganze Woche lang zu versichern, übernahm den Auftrag und ging in die Kirche, wo ich hübsch noch zum Rosenkranz zurecht kam. Ich war schon zur selben Zeit manchmal sehr andächtig, und schon zur selben Zeit manchmal gegen die unrechte Seite hin.

Als das Hochamt kam, auf dem Chore die Pauken und Trompeten schallten, am kerzenumstrahlten Altare der Pfarrer stand und die Messe las, huben die Leute plötzlich an, in ihren Stühlen aufzustehen, und begannen (nicht bloß die Weiber, auch die Männer) im Gänsemarsch durch die Kirche zu wandeln, um den Hochaltar herum, und dann wieder zurück in die Stühle. Der Opfergang. An hohen Festtagen pflegten nämlich die Leute während des Amtes einen solchen Rundgang zu machen, um an dem Altare im Angesichte des Pfarrers auf einen dafür bereitstehenden Zinnteller kleine Geldgaben für die Kirche hinzulegen. Ich hatte mich an solchem Opfergange jedesmal beteiligt, um entweder im Auftrage meines Vaters, oder aus eigenem Antriebe einen oder ein paar Kreuzer auf den Teller zu legen. Machte dabei auch allemal eine gute Meinung, sei das Opfer nun zur Erlangung eines fruchtbaren Jahres, oder zur Genesung eines Kranken, oder um Segen für ein anderes, irgend etwas wollte ich für meinen Kreuzer haben; hatte doch der Pfarrer einmal gepredigt: „Es wird alles vergolten. Geschenkt braucht der Herr des Himmels und der Erde nichts von euch."

Natürlich erhob an diesem Christtage auch ich mich und schloß mich der Reihe an, in welcher jeder und jede unterwegs zum Altar in den Sack griff und aus dem Geldtäschlein die Münze hervornestelte. Auch ich suchte nach meiner Gabe, und nun stellte es sich schreckbar klar heraus, daß nicht ein einziger Kreuzer in der Tasche war. Der Silberzwanziger des Einlegers Anderl war das ganze Um und Auf, sonst nicht ein Pfennig und nicht ein Knopf! – Wieder umkehren zu meinem Stuhl? Sie hätten mich heidenmäßig ausgelacht. Ruhig in der Reihe bleiben und ruhig am Zinnteller vorbeitrotten, als ob er mich nichts anginge? Der Pfarrer stand aber daneben und konnte jedem auf die Finger sehen. Meine Finger unter dem Rock wollten sich bereits an einem Hosenknopfe vergreifen, aber diese Knöpfe waren nicht mehr von Messing, wie einst in der guten, alten Zeit, sondern von schwarzem Hornbein, also für den Teller vollkommen unmöglich. Vor Gott hätte ich mich nicht gefürchtet, einer, der den Willen fürs Werk nimmt, hätte auch einen Hosenknopf für den Groschen genommen – aber der Pfarrer! – In solcher Bedrängnis flüsterte ich dem Nachbar Veitelbrunner zu, der just vor mir ging, ob er mir nicht um Gottes willen einen Kreuzer borgen wollte? – „Ah, du wärest schlau!“ flüsterte der Veitelbrunner zurück, „ausgeliehenes Geld opfern! Damit wäre es freilich keine Kunst, sich den Himmel zu kaufen.“ Und schaute seitab. – Also kein anderes Mittel mehr, als sich vergreifen an fremdem Gut! Ehe ich mich der Gefahr aussetze, daß der Pfarrer auf mich deutend laut rufen könnte: „Was läufst denn du mit, wenn du nichts gibst!“ und die Leute alle ihre Hälse reckten, um den zu sehen, der mitläuft und nichts gibt – ehevor opfere ich das Tabaksgeld des alten Anderl. Länger zu überlegen war überhaupt nicht mehr Zeit; so himmlisch langsam die Reihe sich auch voranbewegt hatte, endlich war ich doch am Zinnteller. Den Silberzwanziger erkrabbelte ich rasch im Sack und legte ihn drauf. Nachher ging's wieder zurück zu meiner Bank. – Jetzt wartete ich auf ein Wunder. Der Herr hat's gesehen, wohin der Zwanziger gelegt worden ist, er weiß auch, daß der alte Anderl keine Freud' hat auf der Welt, als das bisserl Rauchen, und endlich kann sich's jeder denken, was mir bevorsteht, wenn ich ohne Tabak und ohne Geld heimkomme. Das Wunder braucht ja nicht so groß zu sein, wie etwa die Speisung von fünftausend Mann in der Wüste – nur ein ganz kleines Wunderlein, in der Größe eines Silberzwanzigers! – Nein, nichts. Der Sack war leer und blieb's.

Gut, denke ich, wie das Amt aus ist und wir vor der Kirche so ein Weilchen umherstehen, ohne zu wissen warum: wenn Gott kein Wunder wirken will, so muß der Mensch eins versuchen. Zum Krämer ging ich hinein, hauchte mehrmals recht stark auf die Fingerspitzen, weil sie froren, und als man fragte, was ich wünsche, antwortete ich: „Drei Packeln Tabak – ordinären!“ und als ich sie hatte: „Dank' schön, bezahlen werde ich sie am nächsten Sonntag“ – und zur Türe hinaus. Der Krämer mochte mir wohl ein wenig verblüfft nachgeschaut haben, weiter war aber nichts, und das Wunder war geschehen: Einem jungen Lecker hatte der Mann drei Packeln Tabak geborgt.

Gut. Als ich nach Hause kam, ward ich schon mit Spannung erwartet vom alten Anderl. „Zu Weihnachten sind ja die Rauchnächte", keifelte er, „wenn der Mensch nichts zu rauchen hätt', das wär' so was!"

Mit einer ganz niederträchtigen Ruhe gab ich den Tabak ab – das erste Packel – das zweite – und das dritte. Der Alte hielt aber immer noch eine hohle Hand her.

„Drei hast gesagt soll ich bringen, da sind sie."

„Drei, wohl, wohl, drei", sagte er, „geht schon aus, drei Packeln. Und was du herauskriegt hast?"

– Jesses, die acht Kreuzer! – Wie nach einem Donnerschlag, so war mir die Zunge gelähmt. Natürlich, wenn man nicht weiß, was zu sagen ist! Eingefallen wär's mir im Augenblick: Teuerer ist er worden, der Tabak! Oder: Einen ordinären haben sie nicht gehabt, da hab' ich einen besseren genommen! Aber – fiel mir noch rechtzeitig bei – mit einer Lüge machst du dein Christopfer nicht wett; die Wahrheit kannst zwar auch nicht sagen, wenn du nicht als ein unerhört dummer Junge dastehen willst. Da laß es lieber auf ein zweites Wunder ankommen.

„Anderl!" sagte ich sehr laut, „die acht Kreuzer möchtest mir wohl schenken zum Botenlohn."

„Ich werde dir schon einmal was schenken", antwortete der Alte, „meine Gicht, wenn du magst. Aber die acht Kreuzer brauch' ich selber. Gib sie nur her."

„Anderl, ich hab' sie nicht, mein Sack hat ein Loch."

„Ah so, verzettelt hast sie", sagte der Alte, „na, nachher kannst mir sie freilich nicht geben." Er klopfte sich die Pfeife aus, und abgetan war's.

Ein Loch hatte mein Sack wohl, sonst könnte man nichts aus- und eintun, aber redlich war's nicht von mir und mein festes Vornehmen war, dem Einleger seine Sach' zu vergüten, sobald als möglich.

Sobald als möglich! Woher denn nehmen? Wie ein Stabsoffizier, so stak ich jetzt mitten in Schulden und der Silberzwanziger lag im Kirchenschatz und rührte sich nicht.

Nach Neujahr hub wieder die Schule an, die ich auf ein paar Wochen besuchen durfte. Allein ich ging nicht auf geradem Wege zu ihr, sondern auf weiten Umschlichen durch die Wildgärten. Der gerade Weg führte nämlich am Krämer vorbei. Dieser stand wohl einmal vor dem Schulhause, als ich eintrat, schaute mich auch so ein wenig krumm an, sagte aber nichts, und ich trachtete, daß ich ihm aus den Augen kam.

Da war es eines Tages nach der Schule, daß mir der Lehrer auftrug, ich sollte in den Pfarrhof gehen, der Hochwürdige hätte etwas mit mir zu sprechen.

– Jetzt! dachte ich, jetzt geschieht das Wunder! – Er gibt das Geld zurück.

Doch der Pfarrer, als ich vor ihm stand, machte nicht jenes Gesicht, wie man es hat, wenn man Geld zurückgeben will. Sehr strenge blickte er mich an, daß ich gleich wie ein armer Sünder meine Augen zu Boden schlug.

„Peter“, sagte er endlich mit einem Gemisch von Ernst und Güte, denn er war mir sonst nicht schlecht gewogen. „Peter, mache jetzt keine Geschichten. Gib die Pfeife her!“

„Die Pfeife?“ fragte ich ganz treuherzig.

„Gib sie nur her und leugne nicht! Du rauchst!“

„Nein, Herr Pfarrer!“

„Ich habe einstweilen deinem Vater nichts gesagt. Wenn du das Zeug willig hergibst und mir versprichst, das Laster sein zu lassen, so braucht's das Schlagen nicht.“

„Ich tu' aber nicht rauchen!“ rief ich laut.

Da hob er den Finger und sagte: „Aufs erste ein zweites Laster! Mich, deinen alten Katecheten, belügen? – Du bist verraten.“

„Wer hat's gesagt?“ begehrte ich auf.

„Der Krämer selber, bei dem du den Tabak holst und schuldig bleibst.“

Hellauf gelacht habe ich jetzt, und nachher sachte angefangen zu weinen.

„Also, siehst du? Siehst du's jetzt ein?“ fragte er fast freundlich.

Nun mußte freilich alles heraus. „Den Tabak beim Krämer habe ich nicht für mich gekauft, sondern für den Einleger Anderl, der hat mir wohl einen Silberzwanziger mitgegeben.“

„Und was hast du damit gemacht?"

Ich wollte etwas erwidern, stotterte aber nur.

„Heraus mit der Farbe!" rief der Pfarrer. „Was hast du mit dem Silberzwanziger gemacht?"

„Am Christtag – auf – auf den Zinnteller geworfen."

„Auf den Opferteller? Du? Du wärst es gewesen, der den Silberzwanziger hingelegt hat? Und Geld, das nicht dein Eigen war! Was fiel dir denn ein?"

„Weil ich keinen Kreuzer hab' im Sack gehabt. Und soviel geschämt..."

„Flenne nicht, Peter", sagte nun ruhig der Pfarrer. „Wenn es so ist, ändert sich die Geschichte."

„Hab' den Tabak müssen schuldig bleiben und bin auch dem Anderl noch schuldig davon", schluchzte ich, wahrscheinlich mit dem Ärmling über die Augen fahrend, weil so ein Junge selten ein anderes Taschentuch hat.

„Narrl, Narrl!" lachte der Pfarrer. „Dem lieben Herrgott hast du das Geld gegeben. Und er hat dich sitzen lassen."

„Ja!" deutete ich mit dem Kopf.

„Das scheint nur so, mein Junge", sagte er und strich mit der Hand mir das Haar aus der Stirn, „der liebe Herrgott läßt keinen sitzen. Besser verzinst keiner als der! Peter, mich hat's nach der Durchsicht der Opfergaben ohnehin gewundert, daß in meiner Gemeinde einer ist, der um einen ganzen Silberzwanziger Vertrauen zum lieben Gott hat. Konnte mir's aber nicht denken, wer. – Jetzt haben wir ihn. – Und da haben wir noch einen!"

Der Pfarrer machte seine Geldtasche auf, nahm mit zwei Fingern zierlich einen Silberzwanziger hervor: „Es ist zwar nicht der nämliche. Dem Herrn wollen wir das Seine lassen, es wächst sich bei ihm auf höhere Zinsen aus, wenn du brav bleibst. Den da, den nimmst von mir und bezahlst deine Schulden. Und wir zwei, die wir heute nähere Bekanntschaft miteinander gemacht haben, wollen gute Freunde bleiben. So, jetzt kannst zum Krämer gehen."

Der Krämer fand es ganz selbstverständlich, daß ich meine Schuld beglich, nicht so aber der alte Anderl.

„Du willst mir da die acht Kreuzer erstatten!" rief er barsch aus, als ich ihm die Münzen vorhielt. „Lump, kleiner, du wirst es weit bringen, wenn du allemal deine Schulden bezahlen willst! Ja, ja, ich nehm's schon. So was kann ich brauchen. Aber für ein andermal sei gescheiter!"

Schulden habe ich später noch oft gehabt, aber „gescheiter", wie es der Anderl gemeint, bin ich nicht gewesen. Er selber war mir ein zu schlimmes Beispiel von dem Erfolg seiner Grundsätze. Daß ihm nichts war geblieben, als ein bißchen Tabak – und ordinärer!

Als ich zur Drachenbinderin ritt

Wenn mein Vater am Sonnabend beim Rasieren saß, da mußte ich unter den Tisch kriechen, weil es über dem Tisch gefährlich war.

Wenn mein Vater beim Rasieren saß, wenn er seine Backen und Lippen dick und schneeweiß eingeseift hatte, daß er aussah wie der Stallbub, welcher der Kuhmagd über den Milchrahm gekommen; wenn er dann das glasglänzende Messer schliff an seinem braunledernen Hosenträger und hierauf langsam damit gegen die Backen fuhr, da hub er an, den Mund und die Wangen und die Nase und das ganze Antlitz derart zu verzerren, daß seine lieben, guten Züge schier gar nicht zu erkennen waren. Da zog er seine beiden Lippen tief in den Mund hinein, daß er aussah wie des Nachbars alter Veit, der keine Zähne mehr hatte; oder er dehnte den Mund nach links oder rechts in die Quere, wie die Köhlersani tat, wenn sie mit den Hühnern keifte; oder er drückte ein Auge zu und blies eine Wange an, daß er war, wie der Schneider Tinili, wenn ihn sein Weib gestreichelt hatte.

Die spaßhaftesten Gesichter der ganzen Nachbarschaft fielen mir ein, wenn der Vater beim Rasieren saß. Und da kam mir das Lachen.

Darauf hatte mein Vater stets liebevoll gesagt: „Gib Ruh', Bübel." Aber kaum die Worte gesprochen waren, wuchs wieder ein so wunderliches Gesicht, daß ich erst recht herausplatzte. Er guckte in den kleinen Spiegel und schon meinte ich, sein schiefes Antlitz werde in ein Lächeln auseinanderfließen. Da rief er plötzlich: „Wenn du keine Ruh' gibst, Bub, so hau' ich dir den Seifenpinsel hinüber!"

Kroch ich denn unter den Tisch und das Kichern schüttelte mich, wie die Nässe den Pudel. Der Vater aber konnte sich ruhig rasieren und war nicht mehr in

Gefahr, über seine und meine Grimassen selbst in ein unzeitiges Lachen auszubrechen.

So war's einmal an einem Winterabend, daß der Vater beim Seifenschüsselchen saß und ich unter dem Tisch, als sich draußen in der Vorlauben jemand den Schnee von den Schuhen strampfte. Gleich darauf ging die Tür auf und ein großer Mann trat herein, dessen dichter roter Schnurrbart Eiszapfen trug, wie draußen unser Bretterdach. Er setzte sich gleich nieder auf eine Bank, zog eine bauchige Tabakspfeife aus dem Lodenmantel, faßte sie mit den Vorderzähnen und während er Feuer schlug, sagte er: „Tust dich balbieren, Waldbauer?“

„Ja, ich tu' mich ein wenig balbieren“, antwortete mein Vater, und kratzte mit dem Schermesser und schnitt ein Gesicht.

„Na, ist recht“, sagte der fremde Mann.

Und später, als er schon von Wolken umhüllt war und die Eiszapfen bereits niedertröpfelten von seinem Barte, tat er folgende Rede: „Ich weiß nicht, Waldbauer, wirst mich kennen oder nicht? Ich bin vor fünf Jahren einmal an deinem Hause vorbeigegangen und hab' beim Brunnen einen Trunk Wasser genommen. Ich bin von der Stanz, bin der Drachenbinderin ihr Knecht. Ich bin da um deinen größeren Buben.“

Mir unter dem Tisch schoß es bei diesen Worten heiß bis in die Zehen hinaus. Mein Vater hatte nur einen einzigen größeren Buben und der war ich. Ich duckte mich in den finstersten Winkel hinein.

„Um meinen Buben bist da?“ entgegnete mein Vater, „den magst wohl haben, den werden wir leicht entraten; halt ja, er ist gar so viel schlimm.“

Bauersleute reden gern so herum, um ihre vorwitzigen Kinder zu necken und einzuschüchtern. Allein der Fremde sagte: „Nicht so, Bauer, gescheiterweis'! Die Drachenbinderin will was aufschreiben lassen, ein Testament oder so was, und sie weiß weit und breit keinen zu kriegen, der das Schreiben tät' verstehen. Jetzt, da hat sie gehört, der Waldbauer im Alpl hätt' so ein ausbündig Bübel, dem solch Ding im kleinen Finger stecken tät'; und so schickt sie mich her und laßt dich bitten, Bauer, du sollst die Freundschaft haben und ihr deinen Buben auf einen Tag hinüberleihen; sie wollt' ihn schon wieder fleißig zurückschicken und ihm was geben zum Lohn.“

Wie ich das gehört hatte, klopfte ich mit den Schuhspitzen schon ein wenig an den Tischschragen – das täte mir gleich nicht übel gefallen.

„Geh“, sagte mein Vater, da er auf einem Backen bereits glatt gekratzt war, „wie könnt' denn mein kleiner Bub' jetzt im tiefen Winter in die Stanz gehen, ist ja völlig vier Stunden hinüber!“

„Freilich wohl“, versetzte der große Mann, „deswegen bin ich da. Er steigt mir auf den Buckel hinauf.“

„Versteh's schon“, drauf mein Vater, „Buckelkraxentragen.“

„Nu, und nachher wird's wohl gehen, Waldbauer, und wenn der Sonntagabend kommt, trag' ich dir ihn wieder ins Haus.“

„Je nu, dasselb' weiß ich wohl, daß du mir ihn wieder redlich zurückstellst“, sagte mein Vater, „und wenn die Drachenbinderin was will schreiben lassen und wenn du der Drachenbinderin ihr Knecht bist, und wenn mein Bübel mit dir will – meinetwegen hat's keinen Anstand.“

Die Worte hatte er bereits mit glattem, verjüngtem Gesichte gesprochen.

Eine kleine Weile nachher stak ich in meinem Sonntagsgewand; glückselig über die Bedeutung, ging ich in der Stube auf und ab.

„Du ewiger Jud', du“, sagte mein Vater, „hast mehr kein Sitzfleisch?“

Aber mir ließ es keine Ruhe mehr. Am liebsten hätte ich mich sogleich auf das breite Genick des großen Mannes niedergelassen und wäre davongeritten. Da kam erst die Mutter mit dem Sterz und sagte: „Esset ihn, ihr zwei, ehe ihr fortgeht!“

Umsonst hatte sie es nicht gesagt; ich habe unseren breitesten hölzernen Löffel nie noch so hochgeschichtet gesehen, als zur selbigen Stunde, da ihn der fremde große Mann von dem Sterztrog unter seinen Schnurrbart führte. Ich aber ging in der Stube auf und ab und dachte, wie ich nun der Drachenbinderin ihr Schreiber sein werde.

Als hierauf die Sache insoweit geschlichtet war, daß die Mutter den Sterztrog über den Herd stülpen konnte, ohne daß auch nur ein Brosamchen herausfiel, da hüpfte ich auf das Genick des Mannes, hielt mich am Barte fest und ritt denn in Gottes Namen davon.

Schon ging die Sonne unter; in den Tälern lagen Schatten, die fernen Schneehöhen der Almen hatten einen mattroten Schein.

Als mein Gaul über die kahlen Weiden aufwärts trabte, da trug ihn der Schnee, aber als er in die Gegend des jungen Lärchenwuchses und des Fichtenwaldes kam, da wurde die Bodenkruste trügerisch und brach ein. Jedoch darauf war er vorgesehen. Als wir zu einem alten, hohlen Lärchenbaum kamen, der sein Geäste recht keck in die Luft hinausreckte, hielt er an, langte mit einer Hand in die schwarze Höhlung und zog ein paar aus Weiden geflochtene Fußscheiben hervor, die er an die Schuhsohlen band. Mit diesen breiten Sohlen begann er die Wanderung von neuem; es ging langsam, denn er mußte die Füße sehr weit auseinanderbiegen, um die Scheiben füreinander zu bringen, aber mit solchen Entenfüßen brach er nicht mehr durch.

Auf einmal, es war schon finster und die Sterne leuchteten klar, hub mein Gaul an, mir die Schuhe loszulösen, zog sie zuletzt gar von den Füßen und tat sie in seine aufgebundene Schürze. Dann sagte er: „Jetzt, Bübel, steck' deine Pfötelein da in meine Jackentaschen, daß die Zehen nicht herabfrieren.“ Meine vorgereckten Hände nahm er in die seinen und hauchte sie mit dem warmen Atem an – was anstatt der Handschuhe war.

An meinen Wangen kratzte die Kälte, der Schnee winselte unter den Scheiben – so ritt ich einsam fort durch den Wald und über die Höhen. Ich ritt über den ganzen langen Grat des Hochbürstling, wo ich nicht einmal zur Sommerszeit noch gewesen war! Ich preßte zuweilen, wenn es schon ganz langsam ging, meine Knie in die Weichen, und mein Gaul ertrug es willig und ging, wie er konnte, und er wußte den Weg. Ich ritt an einem Pfahle vorbei, auf welchem Winter und Sommer der heilige Viehpatron Erhardi stand. Ich kannte den heiligen Erhardi von daheim; ich und er hatten zusammen die Aufsicht über meines Vaters Herden; er war immer viel angesehener als ich, ging ein Rind zugrunde, so hatte ich, der Halterbub, die Schuld; gediehen die anderen recht, so hatte er das Lob. – Nun tat's mir wohl, daß er sah, wie ich es zum Rittersmann gebracht.

Endlich wendete sich der Lauf, ich ritt abwärts über Stock und Stein, und immer niederwärts, einem Lichtlein zu, das unten in der Tiefe flimmerte. Und als so alle Bäume und Gegenden an mir vorübergegangen waren und ich vor mir den dunkeln Klumpen mit der kleinen Tafel des Lichtscheines hatte, stand mein guter Christof still und sagte: „Du liebes Waldbauernbübel! Da du mir fremdem

Menschen so unbesonnen gefolgt bist – wohl könnte es sein, daß ich schon jahrelang einen Groll hätt' gegen deinen Vater, und daß ich dich jetzt in eine Räuberhöhle führte.“

Horchte ich einen Augenblick so hin.

Weil er zu seinem Worte nichts mehr beisetzte, so sagte ich in demselben Tone: „Da mein Vater mich der Drachenbinderin ihrem Knechte so anvertraut hat, und da ich so unbesonnen gefolgt bin, so wird der Drachenbinderin ihr Knecht keinen Groll haben können und mich nicht in eine Räuberhöhle führen.“

Der Mann hat nach diesen meinen Worten in seinen Bart gepfustert. Bald darauf hub er mich auf einen Strunk an der Wand und sagte: „Jetzt sind wir bei der Drachenbinderin ihrem Hause.“ Er machte an dem dunkeln Klumpen eine Tür auf und trug mich hinein.

In der kleinen Stube war ein Herd, auf dem das Häufchen Glut lag, ein Kienspan, der brannte, und ein Strohlager, auf dem ein Kind schlief. Daneben stand ein Weib, das schon sehr alt und gebückt war und das im Gesicht schier so blaß und faltenreich aussah, wie das grobe Nachtkleid, in das es gehüllt stand.

Dieses Weib stieß, als wir eintraten, jauchzende Töne aus, hub dann heftig zu lachen an und verbarg sich hinter dem Herde.

„Das ist die Drachenbinderin“, sagte mein Begleiter, „sie wird gleich zu dir reden, setze dich hieweilen auf den Schemel da neben dem Bett und tu' deine Schuh' wieder an.“

Ich tat es und er setzte sich daneben auf einen Holzblock.

Als das Weib still geworden war, trippelte es am Herde herum und brachte uns in einer Tonschüssel eine graue dampfende Mehlsuppe und zwei beinerne Löffel dazu. Der Knecht aß würdevoll und beharrlich, mir wollte es nicht schmecken. Zuletzt stand der Knecht auf und sagte leise zu mir: „Schlaf' wohl, du Waldbauernbub!“ und ging davon.

Und als ich in der schwülen Stube allein war mit dem schlummernden Kinde und dem alten Weibe, da hub es mir an, unheimlich zu werden. Doch nun trat die Drachenbinderin heran, legte ihre leichte, hagere Hand an meine Wange und sagte: „Dank' dir Gott unser lieber Herr, daß du zu mir gekommen bist! – Es währet kein halbes Jährlein noch, seit mir meine Tochter ist gestorben. Das da“ – sie deutete auf das Kind – „ist mein junger Zweig, ist ein gar armer Wurm, wird mein Erbe sein. Und jetzt hör' ich schon wieder den Tod anklopfen an meiner

Tür; ich bin alt schon an die achtzig' Jahr'. Mein Leblang hab' ich gespart – mein Sargbett will ich mir wohl erbetteln von guten Leuten. Mein Mann ist früh gestorben und hat mir das Drachenbinderhäusel, wie es genannt wird, zurückgelassen. Meine Krankheiten haben mir das Häusel wieder gekostet – sind's aber nicht wert gewesen. Was ich hinterlaß, ist meinem Enkelkind zu eigen. In sein Köpfel geht's heut noch nicht hinein und in die Hand geben kann ich's keinem Menschen. So will ich's schreiben lassen, daß es bewahrt ist. Durch den Schulmeister in der Stanz will ich's nicht tun und der Doktor kann's ohne Stempelgeld vielleicht nicht machen. So haben die Leut' vom Waldbauernbuben erzählt, der wär' so hoch gelehrt, daß er einen letzten Willen wüßt' zu schreiben. Und hab' ich dich von weiten Wegen bringen lassen. Morgen tu' mir die Lieb', und heute geh' zur friedsamen Ruh'."

Sie geleitete mich mit dem brennenden Span in eine Nebenkammer; die war nur aus Brettern geschlagen. Ein Lager von Heu und eine Decke aus dem dicken Sonntagskleide des Weibes war da, und in dem Winkel stand aus wurmstichigem Holz ein winziges Kirchlein mit zwei Türmen, in welchen Glöcklein schrillten, so oft wir auf den schwankenden Fußboden traten. Die Drachenbinderin steckte den Span in ein Turmfenster, segnete mich mit einem Daumenkreuze und bald darauf war ich allein in der Kammer.

Es war kalt, ich fröstelte vor dem Winter und vor dem Weibe, das meine Gastfrau war; aber noch ehe ich mich ins Nest verkroch, machte ich mit Neugierde die Tür des Kirchleins auf. Eine Maus huschte heraus, die hatte wohl eben an dem goldpapiernen Altare und der pappenen Hand des heiligen Josef ihr Nachtmahl gehalten. Es waren Heilige und Engel da, und bunte Fähnlein und Kränzlein – ein lieblich Spiel. Ich meinte, das sei gewiß der alten Drachenbinderin ihre Pfarrkirche, weil das Weib doch schon viel zu mühselig, um nach Stanz zum Gottesdienst zu wandern. Ich betete vor dem Kirchlein mein Abendgebet, worin ich den lieben Herrgott bat, mich in dieser Nacht recht zu beschützen; dann löschte ich den Span aus, daß er nicht zu den Turmfenstern hineinbrennen konnte und legte mich auf das Heu. – Mir kam es vor, als wäre ich losgerissen von mir selber und ein gelehrter Schreiber in einem fernen kalten Hause, während der wahrhaftige Waldbauernbub daheim in dem warmen Nestlein schlummre. Als ich endlich im Einschlafen war, hörte ich drinnen in der Stube wieder das kurz ausgestoßene Jauchzen und bald darauf das heftige Lachen.

Was ergötzt sie denn so sehr und wen lacht sie aus?

Ich sann auf Flucht.

Ein Wandbrett wäre doch leicht ausgehoben – aber der Schnee!

Erst gegen Morgen schlief ich ein und träumte von einer roten Maus, die allen Heiligen der Kirche die rechte Hand abgebissen hatte. Und zum Turmfenster sah mein Vater mit den eingeseiften schiefen Backen heraus, und er hielt einen brennenden Span im Mund; ich schluchzte und kicherte zugleich.

Als ich endlich erwacht war, spielte es, als wäre die Kammer ein Käfig mit silbernen Spangen, so strahlte das weiße Tageslicht durch die aufrechten Bretterfugen. Und als ich hinausging vor die Tür, da staunte ich, wie eng die Schlucht, und wie fremd und hoch und winterlich die Berge waren.

Im Hause schrie das Kind und jauchzte wieder die Drachenbinderin.

Bei der Frühsuppe war auch mein Gaul wieder da; aber er sagte schier kein Wort, er sah nur auf sein Essen und als dieses um war, stand er auf, setzte seinen großmächtigen Hut auf und ging gegen Stanz hinaus zur Kirche.

Als das Weib das Kind beruhigt, die Hühner gefüttert und andere Dinge des Hauses getan hatte, schob es den Holzriegel vor die äußere Tür, ging in die Kammer und hub mit den kleinen Glocken des Kirchleins zu läuten an.

Dann entzündete sie zwei Kerzen, die am Altare standen und dann tat sie ein Gebet, wie ich meiner Tage keines gehört habe.

Sie kniete vor dem Kirchlein, streckte die Hände aus und murmelte:

„Von wegen der Marterwunden deiner rechten Hand, du kreuzsterbender Heiland, tu' meine verstorbenen Eltern erretten, wenn sie noch in der Pein sind. Schon der Jahre ein halbes Hundert sind sie in der Erden, und heut' noch hör' ich meinen Vater rufen um Hilf' mitten in der Nacht. – Von wegen der Marterwunden deiner linken Hand laß dir empfohlen sein meiner Tochter Seel'. Sie hat kaum mögen die Welt anschauen, und wie sie dem Gatten das Kindlein in die Hand will legen, da kommt der bittere Tod und tut sie uns begraben. – Von wegen der Marterwunden deines rechten Fußes will ich dich bitten wohl im Herzen für meinen Mann und für meine Blutsfreund' und Guttäter und daß du den Waldbauernbuben nicht wolltest vergessen. – Von wegen der Marterwunden deines linken Fußes, du kreuzsterbender Heiland, sei auch eingedenk in Lieb' und Gnaden all' meiner Feinde, die mich mit Händen haben geschlagen und mit Füßen haben getreten. – Von wegen der Marterwunden deines heiligen Herzens sei zu tausend- und tausendmal angerufen: Du gekreuzigter Gott, schließe mein Enkelkind in dein göttliches Herz. Sein Vater ist bei den Soldaten in weitem Feld, ich hab' leicht kein langes Verbleiben, du mußt dem Kind ein Vormund sein, ich bitte dich! Amen!"

So hatte sie gebetet. Die roten Kerzen brannten fromm. – Ich hab' gemeint zur selben Stund': wenn ich der lieb' Herrgott wäre, ich stiege herab vom Himmel und tät' das Kind nehmen in meine Händ' und tät' sagen: Auf daß du's siehst, Drachenbinderin, ich halt's an meinem Herzen warm und will sein Vormund sein!

Aber ich bin der lieb' Herrgott nicht gewesen.

Nach einer Weile sagte das Weib: „Jetzt heben wir zu schreiben an." – Aber wie wir wollten zu schreiben anheben, da war keine Tinte, keine Feder und kein Papier. Allmiteinander hatten wir falsch gedacht; sie, daß ich das Zeug mitbringen, ich, daß sie es im Haus haben würde.

„Ach", sagte sie, „das ist ein Kreuz!"

Ich hatte einmal das Geschichtchen gehört von jenem Doktor, der in Ermanglung der Dinge sein Rezept an die Stubentür geschrieben. – 's war hier der Nachahmung wert; fand sich aber keine Kreide im Haus. Ich wußte mir keinen Rat und ich schämte mich unsagbar, daß ich ein Schreiber ohne Feder war.

„Waldbauernbub", sagte das Weib, „leicht hast du's auch mit Kohlen gelernt?"

Ja, ja, mit Kohlen, wie sie auf dem Herde lagen, das war ein Mittel.

„Und das ist in Gottes Namen mein Papierblatt", sprach sie, und hob die Decke eines alten Schrankes empor, der hinter dem Ofen stand. In dem Schranke waren Lodenschnitzel, ein Stück Linnen und ein rostiger Spaten. Als die Drachenbinderin bemerkte, daß ich auf den Spaten blicke, wurde sie völlig verlegen, deckte ihr altes Gesicht mit der blauen Schürze und murmelte: „'s ist wohl eine Schande!"

Mir fuhr's ins Herz; ich hielt das für einen Vorwurf, daß ich kein Schreibzeug bei mir habe.

„Wirst mich rechtschaffen auslachen, Waldbauernbub, daß er gar so rostig ist", lispelte die Alte, „aber tu' ja nichts Schlechtes von mir denken; ich kann halt nicht mehr, ich kann nicht mehr, ich bin schon gar soviel ein mühseliger Mensch."

Jetzt verstand ich vielleicht, das arme Weib schämte sich, daß es den Spaten nicht mehr handhaben konnte und daß dieser so rostig geworden.

Ich suchte mir am Herd ein spitzes Stück Kohle – die Kiefer ist so gut und leiht mir die Feder, daß ich das Testament, oder was es sein wird, der alten Drachenbinderin vermag aufzuschreiben.

Als also der falbfarbige Schrank offen stand und ich bereit war, auf die Worte des Weibes zu hören und sie zu verzeichnen, daß sie nach vielen Jahren dem Enkel eine Botschaft seien – da tat die Alte neben mir plötzlich ein helles Aufjauchzen. Eilig wendete sie sich seitab, jauchzte zwei- und dreimal und brach zuletzt in ein heiseres Lachen aus.

Ich zerrieb in der Angst fast die Kohle zwischen meinen Fingern und schielte nach der Tür.

Als das Weib eine Weile gelacht hatte, war es still, tat einen tiefen Atemzug, trocknete sich den Schweiß, wendete sich zu mir und sagte: „So schreib'. Hoch werden wir nicht zählen, fang' aber doch an im oberen Eck'."

Ich legte die Hand auf die oberste Ecke des Deckbrettes.

Hierauf sprach das Weib folgende Worte: „Eins und eins ist Gott allein. – Das, du Kind meines Kindes, ist dein eigen."

Ich schrieb die Worte auf das Holz.

„Zwei und zwei", fuhr sie fort, „zwei und zwei ist Mann und Weib. Drei und drei das Kind dabei. Vier und fünf bis acht und neun, weil die Sorgen zahllos sein. – Bet', als hättest keine Hand; arbeit', als wär' kein Gott bekannt. Trage Holz und denk' dabei: Kochen wird mir Gott den Brei."

Als ich diese Worte schlecht und recht geschrieben hatte, senkte sie den Deckel auf den Schrank, versperrte ihn sorgsam und sagte zu mir: „Jetzt hast du mir eine große Guttat erwiesen, jetzt ist mir ein schwermächtiger Stein vom Herzen. Diese Truhen da ist das Vermächtnis für mein Enkelkind. – Und jetzt kannst du sagen, was ich dir geben soll für deinen Dienst."

Ich schüttelte den Kopf, wollte nichts verlangen, als daß ich das Sprüchel auswendig lernen und mit heimtragen dürfe.

„So gut schreiben und so weit herreisen und eine ganze Nacht Kälte leiden und zuletzt nichts dafür nehmen wollen, das wär' sauber!" rief sie, „Waldbauernbub, das kunnt ich nicht angehen lassen."

Ich blinzelte durch die offene Tür ein wenig in die Kammer hinein, wo das Kirchlein stand. – Da roch sie's gleich.

„Mein Hausaltar liegt dir im Sinn“, sagte sie, „Gotteswegen, so magst du ihn haben. Man kann's nicht versperren wie die Truhen, das liebe Kirchel, und die Leut' täten mir's doch nur verschleppen, wenn ich nicht mehr bin. Bei dir ist's in Ehren und du denkst wohl an die alte Drachenbinderin zur heiligen Stund', wenn du betest.“

Das ganze Kirchlein hat sie mir geschenkt. Und das war jetzt vielleicht die größte Seligkeit meiner ganzen Kindschaft.

Gleich wollte ich es auf die Achsel nehmen und forttragen über die Alpe zu meinem Hause. Aber das Weib sagte: „Du lieber Närrisch, das kunnt wohl auf alle Mittel und Weis' nicht sein. Kommt erst der Knecht heim, der wird einen Rat schon wissen.“

Und als der Knecht heimgekommen war und mit uns das Mittagsbrot gegessen hatte, da wußte er einen Rat. Er band mir das Kirchlein mit einem Strick auf den Rücken, dann ließ er sich nieder vor dem Holzblock und sagte: „Jetzt, Bübel, reit' wieder auf!“

Saß ich denn das zweitemal auf seinem Nacken, steckte die Füße in seine Jackentaschen wie in Steigbügeln und umschlang mit den Händen seinen Hals. Die Alte hielt mir das erwachende Kind noch vor, daß es mir das Händchen hinhalte, sagte noch gute Worte des Dankes, huschte hinter den Ofen und jauchzte.

Ich aber ritt davon, und an meinem Rücken klöpfelten die Heiligen in der Kirche, und in den Türmen schrillten bei jeder Bewegung die Glöcklein.

Als der Mann mit mir emporgestiegen war bis zu den Höhen des Bürstling und sich dort wieder die Schneescheiben festband, da fragte ich ihn, warum denn die Drachenbinderin allfort so jauchze und lache.

„Das ist kein Jauchzen und Lachen, liebes Waldbauernbüblein“, antwortete mir der Mann, „die Drachenbinderin hat eine Krankheit zu tragen. Sie hat jahrelang so ein Schlucksen gehabt und ist nach und nach, wie der Bader sagt, das Krampfschreien und das Krampflachen daraus geworden. Jetzt ballt sich ihr Eingeweide zusammen, und wenn sie in der Erregung ist, so hat sie die Anfälle. Sie kann auch keine Speisen mehr vertragen und sieht den Tod vor Augen.“

Ich entgegnete kein Wort, blickte auf die schneeweißen Höhen, auf den dämmerigen Wald, und sah, wie wir an dem reinen Sonntagsnachmittag sachte abwärts stiegen gegen mein Heimatshaus. Ich dachte, wie ich die Kirche, die ich zum Vermächtnis bekommen, nun aufstellen wolle in der Stube und darin Gottesdienst halten, auch für das arme Weib, das vor lauter Kranksein jauchzen muß. Etliche Wochen drauf sind die Glöcklein zur Trauer geläutet worden...

Als ich mir die Welt am Himmel baute

Nach solchen Erfahrungen wird einem das wiedergekehrte Alltagsleben zwischen den Wäldern langweilig. Man will immer was Neues haben.

Ich war damals ein Bursche in den Jahren, wo man mit dem Knaben nicht mehr viel anzufangen weiß, den Junggesellen aber lange noch nicht im Jöppel hat. Trug eine ungebleichte Leinwandhose, eine Jacke aus grauem Wilfling und eine buntgestreifte Zipfelmütze. War barfuß und ungeschickt im Gehen und Laufen, jeden Tag trug ich eine andere Zehe in der Binde. Die Haare hatte ich mit den fünf Fingern vorn herabgekämmt, mit den Zähnen kaute ich an einem Strohhalm. Es war mit mir bisweilen nichts anzufangen; wenn man mich auf das Feld stellte, so stolperte ich über den Pflug und den Spaten und wenn man mich in den Wald schickte, so hieb ich die Axt anstatt in das Holz in einen Stein und bald war die Schneide des Werkzeuges so stumpf, daß man darauf hätte reiten können. Und dann stand ich da und hielt die zehn Finger in den Händen und glotzte zum Himmel auf.

Unsere Waldwege waren mir schon gar so lästig geworden, das ewige Dunkelgrün und das ewige Vögelzwitschern und Windrauschen war nicht mehr auszuhalten. Es war einerlei, immer einerlei. Und ich sann, träumte anderem nach. Da eines Tages – ich weidete unsere Herde auf der Hochöde, wie wir ein hochgelegenes Brachfeld, auf dem schon die Eriken und Wacholder wuchsen, nannten – entdeckte ich – den Himmel, den wunderbaren Wolkenhimmel. Ich war nun plötzlich entzückt über die Formen und Gestaltungen in allen Lichtarten. Ich wunderte mich nur, daß mir dieser Himmel nicht schon längst aufgefallen war. So stand ich nun da und sah empor zu der neuen Welt, zu den Ebenen und Bergen und Schluchten, zu den ungeheuerlichen Tieren, die bewegungslos dastanden und dennoch dahinkrochen und sich reckten und dehnten und Arme und Beine ausstreckten, die sich wieder in Wedel und

Rümpfe und Flügel verwandelten. Und ich glotzte die Luftschlösser an, die sich vor mir aufbauten.

Von nun an war auf der Heide meine Freude und gerne weidete ich die Herde, weidete ich dabei doch auch die lockigen Lämmer des Himmels.

In demselben Jahre war ein heißer Sommer, da ging's am Himmel wohl auch oft ein wenig einförmig zu, aber des Morgens und des Abends gab's doch immer was zu sehen. Ich war eine Zeitlang wie vernarrt in das Firmament. Mein Vater wunderte sich, daß ich oft gar der erste aus dem Bette war, daß ich die Morgensuppe stehenließ und die Rinder mit einer fast ängstlichen Behendigkeit auf die Hochöde jagte. Er wußte nicht, warum. Ich aber setzte mich in der Hochöde auf einen Stein, über welchen das Moos ein zartes, gelblich-grünes Samtpelzchen gelegt hatte, und während die Kühe und die Kälber emsig im Heidekraut grasten und dabei mit ihren Schellen lustig glöckelten, biß ich allfort an einem dünnen Federgrashalm und blickte hin gegen Sonnenaufgang. Da war zuerst über dem fernen Gebirgszug des Wechsels eine dunkle mattrote Bank; sie dehnte sich weit, weit hin und verlor sich, man wußte nicht wo. Mit einemmal zogen sich goldene Fäden durch und die ganze Wolkenbank wurde durchbrochen von Licht und sah nun aus wie ein ungeheurer rotglühender Eisenklumpen.

Da waren alle meine Kühe rot und das Heidekraut war rot, das sie grasten, und die Steine waren rot, und die Stämme am Waldrande waren rot und meine Leinwandhose war rot. Jetzt flammte am Rande der Wechselalpe plötzlich ein kleines Feuer, wie es Hirtenjungen gern anzünden, wenn sie sich Erdäpfel braten wollen. Aber das Feuer dehnte sich aus nach rechts und links und ging in die Höhe; das war ja ein Brand, zuletzt brannten dort alle Almhütten? Aber in einer wunderbaren Regelmäßigkeit hob sich der Brand empor und eine großmächtige Glutscheibe tauchte auf – die Sonne. Da hatten meine Kühe und die Steine und ich auf einmal lange Schatten hin über die Heide. Mein Schatten war so lang, daß, wenn er vom Boden aufgestanden wäre, er mit seinen Fingern in den weißgelblichen Wolkenballen des Himmels hätte Wolle zupfen können. Die Nebelbank über dem Gebirgszuge wurde schmächtiger, es ging ihr ans Herz, noch streckte sie einen glühenden Speer aus, der ging mitten durch die Sonne, aber er schmolz und die Sonne wurde kleiner und funkelnder und bald war die Wolkenbank, waren die roten Fäden am Gesichtskreise verschwunden.

Hie und da in der weiten Himmelsrunde hing es wohl noch wie weiße Wolle und dort und dort schwamm ein Federchen hin, aber bald gingen auch die Federchen verloren und die Wolle wurde unmerklich langsam auseinandergezupft in leichten Locken und dünnen Fädchen und auf einmal war gar nichts mehr da als der tiefblaue Himmel und der blitzende Sonnenstern.

Es lag fast wie Dunkelheit über den Waldbergen, so unsäglich klar und leer war der Himmel, es war, als ob die Sonne zu klein werden wollte für die unendliche Weite. Und doch konnte ich das Auge kaum auftun vor lauter Licht.

Gegen die Mittagszeit ging die Bläue etwas in das Graulichte über, da sah es noch sonniger aus und es war sehr heiß. Meine Herde hatte schon kühles, schattiges Dickicht aufgesucht, um sich die stechenden Fliegen abzuhalten; ich saß noch auf dem Stein und sah den Himmel an und dachte, wie schön das sein müßte, wenn die Himmelsrunde ein Spiegel wäre und wenn das Bild der Erde drin läge mit aller großen Herrlichkeit; vielleicht hätte ich dann von meiner Hochöde aus fremde Länder und große Städte sehen können.

Nach der neunten Stunde, die ich an dem Schatten einer aufrechtstehenden Stange bestimmte, hob sich gewöhnlich ein Lüftchen, das ein paar Stunden fächelte und leise in den Bäumen säuselte. Das war zum Einschlummern süß zu hören. Mir fiel gar der Grashalm aus dem Munde. Die Ameisen konnten innerhalb meines Höschens emporkrabbeln, wie sie wollten, ich gewahrte sie nicht. Ja, ich gewahrte es nicht einmal und wußte nicht, wie es kam, aber plötzlich waren zu allen Seiten des Gesichtskreises, sowohl über den schwarzbläulichen Waldbergen der Mittagsseite als über der Wechselalpe und über den Matten der Mitternachtshöhen, hinter welchen die kahle, wettergraue Rax aufragte, und über der fernen Felsenkette der Abendseite – schneeweiße Wolken. Sie waren in halbrunden Haufen, sie waren wie dicht aufqualmender Reisigrauch, der plötzlich versteinert wird zu weißem Marmor.

Die Ränder waren so scharf, wie mit einer Schere aus Papier geschnitten. Ganz unbeweglich schienen die Wolken und doch änderten sie sich in jedem Augenblicke und bauten sich auf, eine über die andere und schoben sich von unten nach, dichter und dichter, grauer und grauer, oder es war jählings ein Riß, eine Lücke hinaus in die Bläue.

Und hoch oben über meinem Scheitel standen auch Wolkenschichten, grau, stellenweise ganz dunkel, aber mit lichten, federartigen Rändern.

Da blickte man hin und sah das Verwandeln nicht und sah die Verwandlung. Wie war das wunderbar! Ist es möglich, daß das jeden Tag geschieht, und die Menschen achten es nicht, bemerken es nicht einmal und wundern sich mehr über ein Taschenspielchen, als über den allherrlichen Wolkenhimmel?

Die Schichten über der fernen Felsenkette waren niedlicher und gegliederter als die näheren Ballen; sie waren zum Teile bläulich wie der Himmel und wären von diesem oft kaum zu unterscheiden gewesen, wenn die Ränder nicht milchweiß geglänzt hätten.

Ich tat die Füße auseinander, bückte mich und guckte zwischen den Beinen hindurch auf die fernen Wolkenschichten hin, um durch diese ungewohnte Lage des Blickes ein möglichst abenteuerliches Bild zu schauen. Da sah ich unerhörte Bergriesen mit den schwindelndsten Kuppen und schauerlichsten Abgründen, und da ragten die Felshörner, und da glänzten die Gletscher in unermeßlichen Höhen. Wenn dann vor diesen Gebilden ein dunkles Wölkchen dahinschwamm, so hielt ich das für einen riesigen Steinadler oder gar für den Vogel Greif. Das war mein Tirol, von dem ich schon gehört hatte, und ich guckte so lange zwischen den Beinen darauf hin, bis ich schwindelig wurde und in das Gras purzelte.

Auch lächerliche Riesen mit goldigem Mantelsaum, mit verknorrten Gliedern und gewaltigen Köpfen standen am Himmel und schwangen ihre Arme und streckten ihre Finger nach der Sonne aus. Die Sonne hatte sich lange sehr geschickt zwischen diesen Ungeheuern durchgewunden, aber endlich ging sie doch ins Netz. Da lag dann ein dunkler Flecken über dem Waldlande oder über den reifenden Feldern im Tale und es lagen mehrere Flecken und zogen sich langsam hin auf den Flächen und krochen wachsend empor an Hängen und verschwanden endlich wieder.

Je mehr die Sonne niedersank, je schöner wurde ihr Strahl. Die dichten Wolken schwanden, gingen in Federn und Fransen aus und gegen Abend weideten am Firmamente, wo früher die Ungeheuer gestanden, milde, weiße Lämmchen.

Nur die Bilder über der fernen Felsenkette blieben am längsten. Aber auch dort waren großartige Veränderungen; das Hochgebirge war zu einer leuchtenden Stadt mit goldenen Türmen und Kuppeln und Zinnen geworden. Das war meine Himmelsstadt, ich blickte wieder zwischen den Beinen darauf hin.

Aber wie wenn das ganze Reich von Butter gewesen wäre, so zerging es nun, als die Sonne nahe kam, und es dehnte sich eine weite Ebene aus über die

Felsenkette, eine rötliche, unabsehbare Ebene mit Licht- und Schattenfäden und darüber hin der Himmel. Das war mir das Meer und ich guckte wieder durch mein dreieckiges Fernrohr.

Die Sonne durchbrach diese Ebene und tauchte als große rote Scheibe hinter den Kanten der Felsen hinab. Da lagen rote Linien und glühende Nadeln darüberhin, die noch lange leuchteten und erst zur späten Stunde erloschen, als über unserem Gehöfte schon die Stille der Nacht war und am Himmel die Sterne sichtbar wurden, oder das Mondlicht liebliche Schleier wob.

So waren die Tage des Juli und August. Die Kornfelder im Tale nahten langsam der Reife, sie wurden sorgfältig bewacht, sie machten für den Winter die einzige Hoffnung aus. Die Früchte an den Berghängen aber waren im Verdorren, denn es rieselte wochenlang kein Regen. Da blickten auch andere Leute zuweilen aufwärts zu den Wolken oder hin gegen die Rax, die aber stets klar war und an der nie die Nebelflocke klebte; eine Nebelflocke an der Rax wäre das sichere Anzeichen eines nahen Regens gewesen.

Ich saß täglich auf meiner Hochöde und sah den Himmel an. Ich wußte nicht warum, ich dachte mir es oft auch kaum, was ich sah, ich fühlte es nur.

Einmal gegen die Abendstunde hin saß über der Felsenkette ein ungeheures Eichhörnchen. Es setzte seine Vorderfüßchen gerade auf, es hatte ein deutliches Schnäuzchen und spitzte die Ohren und der buschige, sanft wollige Schweif ging weithin gegen die Neubergeralpen. Es war ein launiges Wolkengebilde, gar ein Äuglein hatte das Tier, ein blaues Äuglein, durch welches der klare Himmel guckte; aber auf einmal wurde es licht und funkelnd in diesem Auge und es warf einen mächtigen Strahl quer über den Himmel hin. Hinter der Wolke die Sonne! Endlich erlosch das Auge wieder, ich wußte nicht, hatte ein Wölklein das Lid zugedrückt oder war die Lichtscheibe dahinter gesunken; ich wartete, bis die Sonne unterhalb am Halse herauskommen würde und freute mich schon auf das goldige Halsgehänge, das mein Eichhörnchen bekommen sollte. Aber siehe, während ich so wartete und mich freute, war das Tier zu einer formlosen Masse geworden, nur der buschige, sanft wollige Schweif ging noch weit hin in das Österreicherland.

Einmal war der Himmel mit einer leichten gleichmäßigen Nebelschichte umzogen, auf welcher tieferliegende Wolken verschiedene Figuren bildeten. So kroch eine Kreuzspinne dahin und der Sonne zu. Die Kreuzspinne war riesig groß und meine Phantasie sah acht oder zehn Füße. Sie kam der ohnehin matt scheinenden Sonne immer näher und sie fraß sie auf, so daß Schatten lag über dem Waldlande. Als ich wieder hinaufsah, war das Gebilde verschwommen und eine plumpe Wolkenmasse verhüllte die Sonne.

Wieder zu anderen Tagen war es wirklich lebendig am Himmel. Von der Felsenkette über unsere Waldberge und gegen Morgen und Mittag hin zog ein endloses Heer von Wolken. Stellenweise wanderten sie einzeln, stellenweise wieder in großen Gruppen und Massen, licht und dunkelgrau und „wollig" und „lämmelig" und sie duckten sich untereinander und sie ritten übereinander und es war eine wüste Flucht. In den Wäldern rauschte unwirtlich der Wind.

Das war eine wahre Völkerwanderung am Himmel, tagelang. Ich fragte die Wolken, woher sie kämen, wohin sie zögen? Sie hatten nur Schatten für mich und keine Antwort.

Nach den Tagen des Windes blieb der Himmel eine Zeitlang gleichmäßig trüb und es strich eine kühle, oft fast frostige Luft. Die Leute meinten, nun werde der ersehnte Regen kommen. Aber das Wolkengewölbe wurde lichter und durchsichtiger und endlich sah man durch dasselbe wieder den Sonnenstern schimmern.

Ich vergaß auf die welkenden, verdorrenden Pflanzen der Erde, die bereits fahl oder rot verbrannt waren; ich vergaß auf die Waldvöglein, die nicht mehr singen wollten, weil sie schier vertrocknete Kehlen haben mochten; ich freute mich, daß sich der Himmel wieder erheiterte. Die Wölklein waren nun so zart und leicht und milchweiß und leichte Fäden zogen hin, als ob in den weiten Lüften eine unsichtbare Spinnerin wäre oder ein Webstuhl stünde in der hohen Himmelsrunde.

Und aus all den wunderbaren Geweben fügten sich Nester mit Eiern und schneeweißen Tauben; dann machten diese Tierchen hohe Krägen und schnäbelten miteinander und da dachte ich mir: zuweilen trifft es doch zu, daß der Himmel ein Spiegel der Erde ist. Ich hatte zu derselben Zeit mehrmals von einem Müllerstöchterlein geträumt, das Maria hieß und ein weißes Hemdchen trug.

Die Himmelsgebilde waren an diesen Tagen gar zu lieblich und dazu hauchte eine labende Kühle von der fernen Felsenkette her. Die Leute aber waren mißmutig, man hörte kein Singen und Jauchzen, das sonst den Wald so lebendig macht. Es war eine große Trägheit im Walde.

Endlich, eines Morgens – sonst tiefblauer Himmel – klebte an dem Gewände der Rax ein Nebelchen. Die Leute jubelten; ich betrachtete gedankenlos die Flocke an der Felswand, die fast den ganzen Vormittag in derselben Stellung blieb. Es zog ein beinahe frostiger Alpenhauch, zur Mittagsstunde aber wurde es empfindlich schwül.

Am Gesichtskreise stiegen wieder die vielgestaltigen Wolkenhaufen auf. Die Sonne verzog sich für kurze Zeit; an der Mitternachtsseite gingen mattgraue Streifen nieder und man hörte mehrmals ein fernes Donnern. Das Gewitter verging, ohne daß auf unsere Gegend ein Regentröpfchen fiel. Das Wölkchen an der Rax war verschwunden. Doch es war jetzt die Sonne nicht.

Das Waldland lag im Schatten, kein Vogel war zu hören, nur vernahm man zuweilen den Pfiff eines Geiers. Ich wäre noch gern auf der Hochöde geblieben und hätte die so ruhsamen Dinge betrachtet, aber meine Herde graste talab und gegen unser Haus, ehe es noch Abend wurde.

Als ich zum Hause kam, stand die Mutter am Gartenrain und betete aus einem Buche halblaut das Evangelium des heiligen Johannes und machte mit dem hölzernen Kruzifix unseres Hausaltares Kreuze nach allen Himmelsrichtungen.

Es war noch die Sonne nicht untergegangen, aber es war schon ganz dunkel. Das Bächlein unten in der Schlucht war so klein, daß es nur sickerte, und doch war ein seltsames Brausen wie von einem mächtigen Wasserfalle. Der Hof lag wie träumend da, die Tannen daneben regten sich nicht. Ein großer glitzernder Habicht schwamm von der Hochöde hernieder und über den Hof hin. Im Gewölke hallte ein halbersticktes Donnern, das sich mit Mühe weiterzudrängen schien und plötzlich abzuckte.

An der Mitternachtsseite des Hauses wurden die Fensterbalken geschlossen; einzelne Schwalben flatterten verwirrt unter dem Dache umher. Der Brunnen vor dem Hause spritzte zuweilen unregelmäßig über den Trog hinaus und doch merkte man sonst kein Lüftchen. Mein Vater ging vor der Haustüre auf und ab und hielt die Hände über den Rücken.

Plötzlich begann es in den Tannen zu rauschen und mehrere bereits vergilbte Ahornblätter hüpften vom Walde heran. Regentropfen schlugen nieder und spritzten von der Erde wieder auf. Jetzt war es wie ein schwaches Aufleuchten durch die Abenddämmerung, dann tanzten wieder lose Blätter über den Anger. In den Wolken rauschte es wie das Rollen wuchtiger Sandballen.

Nun brach es los. Die Bäume wurden lebendig und es krachten die Strünke. Vom Dache der Scheune rissen sich ganze Fetzen los und tanzten in den Lüften.

In demselben Augenblicke sauste das erste Schloßenkorn nieder; hoch sprang es wieder auf und kollerte hüpfend über den Boden hin. Das Schloßenkorn war so groß wie ein Hühnerei.

Die Leute sahen es und mit einem leisen: „Jesus Maria!" eilten sie ins Haus. Ich blieb so lange im Freien, bis mir ein Eisklumpen auf die Zehen fiel, dann huschte ich unter das Dach.

Nun war eine Weile lang nichts als ein fürchterliches Geknatter. Die Leute beteten den Wettersegen, aber man verstand kein einziges Wort.

Zuletzt klirrten die Fenster der Morgenseite, auf den Dächern knatterte es und zackige Schloßen kollerten in die Stube und der Wind wogte herein und blies die Wetterkerze aus und fachte das Herdfeuer an zu einem wilden Sprühen und wir glaubten schon, es käme uns das Feuer zum Rauchfang hinaus. Erst als ein Donnerschlag krachte und ein zweiter, legte sich das wüste Getöse und es zog nur noch ein eiskalter Luftzug durch die Fenster und es rieselte der Regen. Endlich legte sich auch dieser. Es war Nacht geworden; draußen lag eine Winterlandschaft.

Wir nahmen kein Nachtmahl, wir gingen nicht zur Ruhe. Ich legte Strohschuhe an und ging mit meinem Vater hinaus auf das hohe knisternde Eis. Wortlos schritten wir um das Gehöfte. An den Gebäuden lagen Haufen von Schloßen und Dachsplittern, unter den Tannen waren hohe Schichten von Reisig und die schönen Stämme hatten nur kahles oder zerzaustes Geäste. Auf dem Kornfeld und auf dem Kohlgarten lag die gleichmäßige Eisschicht; kein einzig Hälmlein, kein einzig Häuptchen ragte hervor.

Mein Vater stand still, hielt die Hände über das Gesicht und seine Atemstöße zitterten.

Von der Mittagsseite war noch das ferne Murren des Gewitters zu hören. Über dem Wechsel ging zwischen zerrissenen Wolken der Mond auf und aus dem dunkeln Grunde der Wälder erhoben sich weiße Nebelgebilde. Am Himmel standen zarte Flocken mit silberigen Rändern.